檸檬水戰爭

文 賈桂林・戴維斯
圖 薛慧瑩、陳佳蕙
譯 謝靜雯

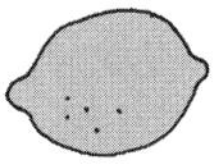

獻給 Tim、Kim 和 Leslie

所有道路都通往起源之處

目錄

1 衰退 007
2 分立 017
3 合資企業 031
4 合夥關係 043
5 競爭 059
6 低價銷售 067

7 地點很重要 085
8 拓展全球市場 099
9 協商 117
10 蓄意毀損 123
11 全部損失 137
12 等待期間 145
13 危機管理 149
14 和解 153

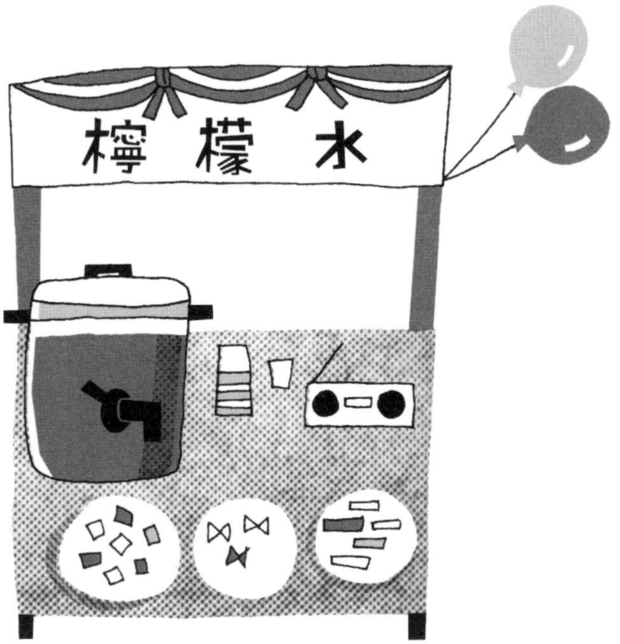

1 衰退

衰退

（slump，名詞）

商業或經濟活動的下滑。

伊凡仰躺在黑暗裡，將棒球往上拋，再空手接住。啪答！啪答！球落入掌心的時候，發出了令人滿意的聲響。他把雙腳攤成V字形，把雙手向天花板伸得直直的，因為要是漏接了，球可能會把他的鼻梁撞斷，這個想法使遊戲變得還算有趣，讓他願意繼續玩下去。

樓上的地板傳來一陣腳步聲——是媽媽，接著是一聲又長又響亮的刮磨地板聲音。他停止拋球去聆聽，媽媽正把某個笨重的東西拖過廚房的地板，可能是那臺壞掉的冷氣機吧！

一星期前，熱浪才剛開始，媽媽閣樓辦公室裡的冷氣就故障了。西爾斯百貨的人來安裝好嶄新的一臺，卻把舊的那臺扔在廚房地板中央不管了。一整個星期，我們崔斯基家的人經過都得繞過它。

刮——啊！伊凡站了起來，他想媽媽雖然強壯，可是這種事應該兩個人來做才對。希望媽媽不會問他，為什麼躲在黑漆漆的地下室，也希望潔西不在廚房裡，他已經躲她躲兩天了，而且隨著每分每秒過去，就愈來愈難捱。這棟房子就是不夠大！

伊凡的手才剛搭上樓梯欄杆，刮磨聲就停止了。他聽到腳步聲漸漸消失，最後安靜了下來。她放棄了，伊凡想，**可能是因為太熱的關係**。今天的天氣就是讓人想放棄的那種天氣。

他又躺回地板上。

啪答！啪答！接著，他聽到地下室的門打開了，噗——吱！伊凡接住棒球，凝住不動。

「伊凡？」潔西的聲音在黑暗裡發出了回音，「伊凡？你在下面嗎？」

伊凡屏住呼吸，動也不動的躺著，全身唯一動的是他發麻的手指。

聽到門關起來，他長長吐了一口氣，可是緊接著門又再次打開了。腳步聲從鋪著地毯的樓梯上傳來，潔西站在最底下的臺階，日光在她黑色身影的周圍躍動著。伊凡一點都不敢動。

「伊凡？是你嗎？」潔西跨出一小步，走進地下室。「是……」她慢慢地往伊凡走去，結果踢到了他。

「喂！小心一點啦！」伊凡往她的腳猛力一拍。他突然覺得自己躺在黑暗裡很蠢。

「我還以為你是睡袋，」她說，「我又沒看到你。你在這裡幹麼？為什麼不開燈？」

「開燈太熱了。」他故意冷淡的說，就好像自己是全星球最無聊的人一樣。他心想，如果繼續用這種態度對潔西，她可能就不會再煩人了。

「媽又回到辦公室，」潔西邊說邊躺到沙發上，「**工作**。」她呻吟的說出這個字眼。

伊凡什麼也沒說，繼續丟球，一上一下。也許保持沉默能把潔西趕走。他開始覺得話積在心中愈積愈多，充滿了他的肺，把所有的空氣都逼了出來。彷彿整個胸膛滿是蝙蝠，牠們拍著翅膀，爭先恐後的想出來。

「她想要搬冷氣，可是太重了。」

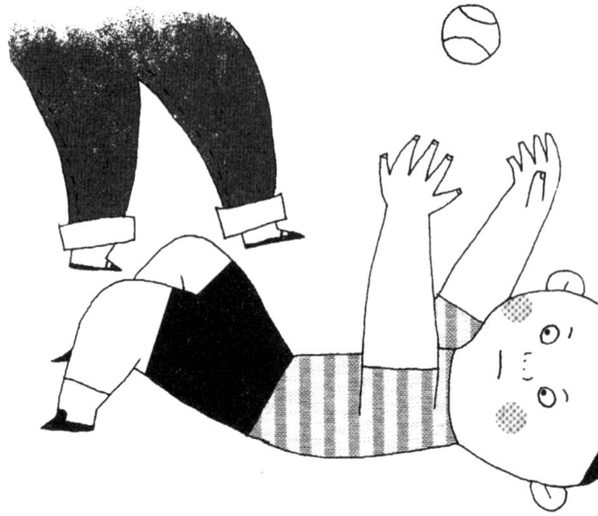

潔西說。

伊凡緊閉嘴脣。**走開啦**，他心想，**在我說出什麼難聽的話以前快走開！**

「**整個**——星期都會很熱，」潔西繼續說，「氣溫都是三十幾度，一直到勞動節都這樣。」

啪答！啪答！

「所以你想幹麼？」潔西問。

尖叫啦，伊凡想。和潔西冷戰的時候，她永遠搞不清楚狀況，還表現得好像一切都很好一樣。如果不直接叫她**滾開**，她很難會自動閃開。可是每次叫她滾開的時候，伊凡心裡都不太好受。

「所以你想幹麼？」潔西又問，並用腳推推他。

這個問題很直接，伊凡必須回答，不然就得解釋為什麼他不肯回答。但他不能進入**那個話題**，因為太……太複雜了、太傷感情了。

「嗯？所以你想幹麼啦？」她問了第三次。

「喝酒啦！」伊凡說。

「才怪，快！說真的啦！」

「真的啊！」他說。

「我們可以騎腳踏車去便利商店。」

「沒錢。」他說。

「你生日的時候，外婆才給你五百元耶。」

「花掉啦！」伊凡說。

「花在什麼東西上？」

「就東西啊。」伊凡說。

「嗯，我有……嗯……」潔西愈說愈小聲，最後安靜了下來。

伊凡不再拋球，而是盯著她看。「怎樣？」

潔西把雙腳縮起來，緊緊抵住胸口，說：「沒什麼。」「哼！」伊凡知道潔西有錢，潔西的小鎖盒裡總是藏了錢，可是那不代表她就願意拿出來分享。伊凡回頭繼續丟球，他感覺有一股小小的怒火竄了上來，舔拭著他的臉龐。

啪答！啪答！「我們可以到樹林裡搭堡壘。」潔西說。

「太熱了！」

「我們可以玩線上棋盤遊戲。」

「太無聊了！」

「我們可以搭軌道，來一場彈珠比賽。」

「太蠢了！」

伊凡的額頭浮現一層有如蜘蛛網般的薄薄汗水，正往他的頭髮蔓延。每當他丟出一球，他就告訴自己，**那不是她的錯**，可是他卻感覺到自己愈來愈火大。他開始使勁丟球，每次球都飛了一百二十公分高，一上一下。

啵！啪答！啵！啪答！他胸膛裡的蝙蝠快瘋了。

「你怎麼了？」潔西問，「這幾天你都怪怪的。」

喔！糟糕，那些話擋不住了！

「我只是不想玩線上棋盤那種蠢遊戲。」伊凡說。

「你明明**很喜歡**。我會挑那個遊戲，就是因為你最愛那個遊戲，怕你沒注意到，所以才貼心的提醒你耶。」

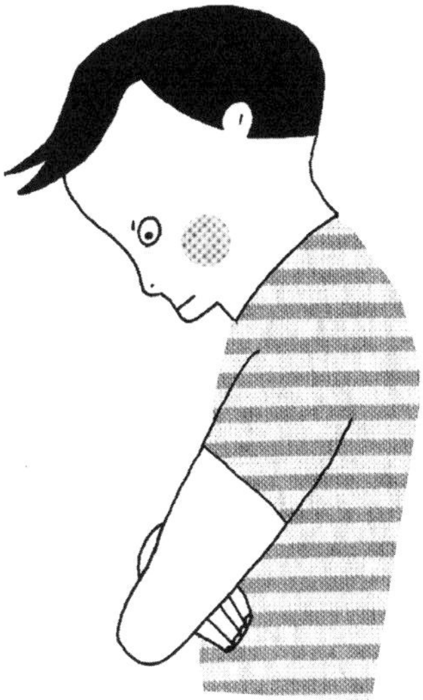

「喂，暑假只剩下六天了，我才不要浪費在玩蠢遊戲上面。」伊凡覺得自己的心跳加快，有一部分的他想用襪子塞住自己的嘴，另一部分的他卻想把妹妹揍一頓。「那個遊戲很蠢，是給嬰兒玩的，我才不想玩什麼愚蠢的幼稚遊戲呢！」

啵！啪答！啵！啪答！「你幹麼這麼壞？」

伊凡知道自己很壞，他也很討厭自己這樣，尤其是對她。可是他就是忍不住，他好生氣，覺得很丟臉，胸膛裡滿是蝙蝠。除了獨處，他沒有別的辦法，可是連獨處的機會都被她搶走了。「你是天才，」他說，「你自己去想原因啊！」

很好，這番話讓她閉上了嘴，真是難得！伊凡看球飛到了半空中。

「是因為那封信嗎？」潔西問。

喀啦！

伊凡的視線才離開球一秒鐘，才一秒耶，球就掉下來砸到他的鼻子了。

「可惡！喔，**可惡！**」他側身蜷縮起來，用雙手摀住鼻子。一陣強烈的痛楚從他的眼睛後方襲來，很快蔓延到頭殼邊緣。

「你想要冰敷嗎？」他聽到潔西用平靜的語氣問。

「你覺得呢？」他吼道。

「要嗎？」她站起來。

「不要，我才不要什麼蠢冰敷。」痛楚開始消退，就像巨浪往下沖時發出很大的聲響、濺起好多浪花，然後慢慢消失不見。伊凡翻身坐了起來，雙手從鼻子上挪開，然後用拇指和食指掐一掐鼻梁，看看有沒有歪掉。潔西在昏暗的光線中瞥了一下他的臉龐。「你沒流血啦！」她說。

「嗯，哼！很痛耶！」他說，「痛死了！」

「又沒斷。」她說。

「你又知道了，」他說，「搞清楚，你不是**萬事通**。你以為你什麼都懂，其實**才不是**。」

「鼻子連腫都沒腫起來啊，你真愛大驚小怪。」

伊凡一手摀住鼻子，一手往妹妹的膝蓋打去，然後撿起棒球，吃力地站起身來。「別煩我啦！我下來這裡就是為了要離你遠遠的，但你就一定要當跟屁蟲。你把這一切都毀了！你毀掉我的夏天，現在又要毀掉學校。我恨你！」他走到樓梯時，嫌惡地把棒球往地上一丟。

砰咚！

2 分立

分立

（breakup，名詞）

一個單位、組織或是一群組織的解體。有時候，司法部門會強迫一家大企業分成幾個小公司。

潔西不懂，她就是搞不懂。

伊凡有什麼毛病啊？

過去兩天，他都很怪異。那封信是兩天前寄來的，可是那封信為什麼會讓他這麼不高興呢？

這是一個謎，潔西想，**我最會猜謎了**。可是這個謎題和「感受」有關，潔西知道，「感受」是她最弱的項目。

潔西在涼爽又黑暗的地下室，回想週一收到那封信的情形。原本一切都很正常的，她和伊凡在車道籌備檸檬水攤位時，郵差走了過來，把一捆信件遞給了她。伊凡向來懶得理會郵件，但是潔西常參加競賽，而且巴望著成為贏家，所以她馬上就查看了那些郵件。

「無聊、無聊、無聊……」每閃過一封信，潔西就這樣說，「嘿，這是學校寄來的耶！是寫給媽的。」她拿起一只白信封問伊凡：「你想會是什麼？」

「不知道。」伊凡說。他從車庫裡翻出他們常用來擺攤的小木桌，它就埋在兩個滑雪圈墊、兩塊塗鴉板和花園的灑水管底下。潔西看伊凡用力拉出桌子，高舉到頭上。哇！**他變得好壯了**，潔西想起媽媽說過伊凡突然長得好快，有時候，潔西覺得伊凡成長的速度比她快兩倍，而且長個不停。

「這封信看起來很重要。」潔西說，其實她腦中想的是：**看起來不太妙**。出了什麼問題？有人申訴嗎？還是有什麼事情搞砸了？她因為要跳級到四年級而緊張兮兮，突然，不安湧上了心頭。

「這張桌子真的很髒，」伊凡說，「你覺得我們用一堆杯子和水壺遮住，是不是就不會有人注意到了？」

潔西瞧了一眼，桌子上有一道道的黑漬，於是她說：「不行。」

伊凡發出呻吟。

「我來清吧！」潔西說。伊凡當初答應要擺檸檬水攤，是因為那是她最愛做的事情之一，所以她至少可以幫忙把桌子上的髒東西清掉。「也許，」她再次拿起那封信說，「他們要延後開學？還是開學第一天不是下星期二？你覺得呢？」

這句話引起了伊凡的注意，「那我們叫媽打開來看吧！」他說。

在空調嗡嗡作響的涼爽辦公室裡，崔斯基太太把那封信看了一遍。「嗯，」她說，「真沒想到，」然後她望向伊凡，潔西覺得媽媽的臉看起來有點擔心，「伊凡，你和潔西今年會上同一班。你們兩個都會在歐佛頓老師的班上。」

潔西感覺全身上下都鬆了一口氣，同一班耶！如果她可以許願得到世界上的某一樣東西，這就是她想要的。她和伊凡同班的話，伊凡會讓所有事情變得比較順利，他會介紹她給所有的四年級生，讓他們知道她很正常，不是什麼格格不入的弱小二年級生。

可是，伊凡看起來並不高興，他一副氣呼呼的模樣。「為什麼？」他幾乎是吼著問。

崔斯基太太瞄了一下信，說：「嗯，是因為班級的人數太少，再加上本來要上四年級的人，有的搬家或轉到私立學校，現在不來上學了，所以學校必須把兩個小班合併成比較大的班級。」

「這太不公平了！」伊凡說，「我想讓史科比老師教，而且我不想要——」他看著潔西。「**太不公平了！**」

潔西很訝異，這明明是天大的好消息，伊

凡為什麼不這麼覺得？他們在家裡向來一起玩得很開心，現在在學校也可以這樣了。「會很好玩的。」她對伊凡說。

「才不好玩，」伊凡說，「學校——一點也不——好玩。」然後就用力踏步下樓，整個下午他都把自己鎖在房間裡。他們一直沒準備好檸檬水攤位。

都過兩天了，伊凡雖然沒躲在房間裡，但仍然鎖上了心房，不肯跟她講話，也不願跟她玩。

潔西只好上樓回自己的房間，做她每逢難過、生氣、傷心或困惑時會做的事。她開始讀《夏綠蒂的網》，這本書已經讀了大概一百遍了。她正讀到好的那部分，就是快樂的部分。韋伯剛被取了「了不起的豬」的稱號，獲得祖克曼一家和全鎮的矚目。

> 我敢說我的計謀會成功，可以救韋伯一命。

平常讀到夏綠蒂說這句話的時候，潔西通常都會覺得開心，可是現在卻沒有開心的感覺。

她反而一直有種不開心的感覺，不停輕拍著她的肩膀，而且那種不開心，不是因為她知道夏綠蒂會在第一百七十一頁死掉。

是伊凡的關係。他說的話一直在她的腦海裡打轉。

潔西記得伊凡以前只對她說過一次「我恨你」。當時外婆來訪，伊凡在做數學作業，需要有人幫忙。每當他在做數學題、拼字或寫報告時，臉上有時會出現沮喪、噘嘴的表情，媽媽說那種表情叫做「他快爆炸了！」可是，外婆對數學一竅不通，幫不了他，所以潔西就教他怎麼解每一道題目。嗯，應該說她就直接插手把問題全都解決掉了，這算是幫忙吧？外婆都說她是小神童，可是，伊凡卻把他的作業撕成兩半，就衝上樓去，一面對她大吼：「我恨你！」然後重重摔上了房門。那是去年的事了。

潔西把書擱在肚子上，盯著天花板。她真是搞不懂「人」，不論何時，她寧可做一百題數學，也不想弄懂別人心裡的混亂感受。這也是她和伊凡一直相處融洽的原因，他會直接告訴她：「因為你把最後一份米餅吃掉了，所以我很氣你。」然後她就可以說：「對不起啦！嘿，我房間裡還有些水果軟糖，你想吃嗎？」然後事情就解決了。

伊凡是個直來直往的人。

不像學校成立社團的那些女生。她翻身側躺，想躲開那些思緒。

潔西注意到，為了她的勞動節計畫（註①），媽媽買來的三片珍珠板還靠在對面的牆壁上。每年，扶輪社都會贊助一項兒童競賽活動，看看誰能端出與勞動節有關的最佳提案。今年是潔西第一次年紀大到可以參賽，她懇求媽媽去買珍珠板、美工筆、螢光紙和特別的貼紙。她下定決心要贏得獎金五千元！可是她一直還沒想到好點子。現在離競賽還剩五天，整片珍珠板還是空白的。

潔西伸手去拿書，她不想去想學校的女生，也不想去想競賽的事情，她要繼續讀《夏綠蒂的網》。

韋伯和夏綠蒂到市集，夏綠蒂開始顯露老態。潔西讀著韋伯對摯友說的話：

> 夏綠蒂，聽到你覺得難受，我也好難過。如果你織個網，抓幾隻蒼蠅，可能會好過一點。

嗯，第二句可能不太適合，但潔西想像自己說出第一句：**伊凡，聽到你覺得**

難受，我也好難過。聽起來還滿適合的，至少能讓伊凡知道她很在意，潔西知道，不高興的時候，讓對方知道你在乎，這點是很重要的。她決定下樓試試看，只要能讓伊凡恢復到收到那封信之前的樣子，她什麼事都願意做。

潔西瞧了瞧廚房和後院，都沒看到伊凡。當她往地下室走到一半，就聽到車庫傳來聲響。她一打開門，就感覺到熱氣往她身上襲來，就像某個巨人對她吐出熱烘烘又臭兮兮的一口氣。

她在車庫裡找到伊凡和史考特．斯賓塞。**怪了**，潔西想，**伊凡根本不喜歡史考特．斯賓塞**。他們從幼稚園開始就分分又合合。自從史考特故意把伊凡的腳踏車安全帽放在休旅車車輪下，以至於崔斯基太太倒車時把它碾了過去，從此兩人的友誼就確定**結束**了。

潔西來回看著伊凡和史考特，不知道該說些什麼。伊凡一副和朋友玩得很開心的樣子，如果對他說：「**伊凡，聽到你覺得難受，我也好難過。**」好像沒什麼意義。她試著想想可以說些什麼別的，但她只能想到「你們在幹麼？」

男生們正俯身在厚紙板上，伊凡用細軟的紅筆寫字。車庫中央是紫色的保冷箱，有兩張塑膠椅疊在上面，頂端的椅子上有一個棕色的紙袋。

「沒什麼。」伊凡頭也沒抬地說。

潔西走到男生們身邊，越過伊凡的肩膀一看。

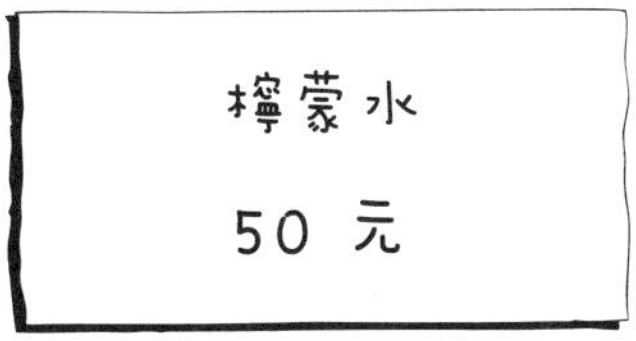

她說：「你把檸檬水寫錯了。是『檬』不是『蒙』。」她心想，**喔，太好了！是檸檬水攤，我最愛做的事。**

男生們什麼也沒說，但潔西看到伊凡的嘴巴緊閉著。

「要我幫忙調檸檬水嗎？」她問。

「已經弄好了。」伊凡說。

「我可以幫忙裝飾招牌喔，」她說，「我很會畫蝴蝶和花朵等等的東西。」

史考特嗤之以鼻地說：「哼！我們的招牌上才不要畫**女生**的東西啊！」

「你們想用我的鎖盒來收錢嗎？它的托盤還有隔間喔，可以把不同的硬幣分開放。」

「不用。」伊凡說，並繼續寫招牌。

「那，」她東張西望地說，「我可以幫你們清理桌子。」那張小木桌的黑漬還在，被推到一邊靠在腳踏車旁。

「我們沒有要用。」伊凡說。

「可是我們都是用那張桌子來當攤位的啊！」潔西說。

伊凡把臉往她那兒湊過去，說：「我們就是不想用！」

潔西往後退了幾步，感到很煩躁。她知道自己應該乾脆回到屋裡，可是不知怎麼地，她的雙腳就是動彈不得，她原地不動，赤裸的雙腳牢牢釘在涼爽的水泥地上。

史考特對伊凡說悄悄話，兩人還發出壞心的低沉笑聲。潔西的身體想往門口走去，但雙腳還是留在原地。她受不了伊凡竟然想跟史考特（他是個真正的渾蛋）在一起，而不是她。

「嘿，」她說，「我想你們會需要零錢，我有一堆零錢，你們可以先拿去用，只要在今天結束的時候還我就可以了。」

「不需要。」伊凡說。

「一定會需要的，」潔西堅持，「你們一定會需要零錢，尤其在一開始的時候。如果你們沒辦法找錢，就會做不成生意。」

伊凡「啪噠！」大聲地套上筆蓋，然後將筆插入口袋。「史考特會提供資金，他媽媽有個零錢罐，所以零錢我們多的是。」

男生們站了起來，伊凡轉身背對潔西，把招牌拿給史考特看。「超棒的！」史考特說。

潔西很清楚那個招牌一點也不棒。字寫得太小太細，遠遠看根本看不到，伊凡應該用粗粗的麥克筆，而不是細細的軟毛筆，這種事情大家都知道！招牌上沒有漂亮的裝飾來吸引客人，而且還寫錯字。伊凡為什麼不肯讓她**幫點小忙**？她只是想幫個忙。

史考特轉過來對她說：「你今年真的要上四年級嗎？」

潔西的背脊一僵，很不自在的說，「對。」

「哇！怪透了。」

「哪有！」她伸出下巴說。

「就是怪，」史考特說，「你明明是二年級，現在卻要變成**四年級**。真是亂七八糟！」

潔西看了看伊凡，可是他忙著把招牌貼到保冷箱上。

「很多人都跳級啊，」潔西說，「這有什麼大不了的。」

「這真的很奇怪！」史考特說，「我是說，你會錯過一整年的課。你會錯過南極洲的整個單元，那是最棒的部分！還有去海洋生物博物館的校外教學，還有我們寄信到全國各地的活動。伊凡，記得那個嗎？你還接到了阿拉斯加寄來的信，好酷喔！」

伊凡點點頭，可是沒抬起頭。

「那有什麼了不起。」潔西說，語氣像繃緊的橡皮筋一樣。

「就像是錯過你人生裡的一年，」史考特說，「就像你比我們其他人都早死一年，因為你從來沒上過三年級。」

潔西覺得自己忽冷忽熱，一部分的她想要放聲尖叫：「那一點意義都沒有！」可是另一部分的她覺得自己**怪透了**，彷彿史考特剛剛發現她長了三條腿似的。

伊凡起身把紙袋拋給史考特，然後一手抓起塑膠椅。「來吧！我們走。」他伸手抓住保冷箱一邊的提把，史考特抓住另一邊，然後合力提起來走出車庫。

「嘿！伊凡，」潔西朝著他們的背影呼喚，「我可以一起去嗎？」

「不行。」他轉都沒轉身就說。

「別這樣！拜託。我可以幫很多忙、做很多事——」

「你年紀太小了，」他語氣尖銳地說，「你只是個小嬰兒。」

男孩們走了出去。

你只是個小嬰兒。

在他們一起做了這麼多事之後，潔西不敢相信伊凡會這麼說。他只不過比她大**十四個月**，比一年多一點。她準備用刺耳、刻薄、辛辣的話吼回去，像是「**喔，是嗎？**」但這時她聽到史考特對伊凡說：「天啊！我真不敢相信你要和你妹妹同班。如果那種事發生在我身上，我會搬到南美洲去。」

「對啊，就是說啊。」伊凡邊過馬路邊說。

話在潔西的嘴上打住，她眼巴巴地望著伊凡愈走愈遠，身影變得愈來愈小。他就要拋棄她了。

他在學校**不會**替她撐腰，不會替她把事情變順利一點。他會站在**另一邊**，和**他們**所有人一起看不起她，然後跟大家說她年紀太小，無法融入，還會說她不屬於他們。

「隨便你，伊凡．崔斯基，」她大步走進屋裡，拳頭緊握在身側，「我才不需要**你**呢！不靠**你**，我也可以玩得很開心！不靠**你**，我也可以經營檸檬水攤！不靠**你**，我也可以在四年級交到朋友！」

樓梯走到一半時，她停下腳步大吼：「還有，我才**不是**小貝比！」

①美國的勞動節在每年九月的第一個星期一，是法定節日。勞動節這一天也意味著夏天即將結束，許多人會舉辦派對、煙火等各種活動慶祝。

3
合資企業

合資企業
（joint venture，名詞）
兩個或多人聯合起來販售產品或進行計畫。產品售出或計畫完成的時候，這個合資企業也就跟著結束。

「你妹真的很——」

「閉嘴啦！」伊凡說。

「啊？」

「閉嘴就是了。她還好，只是……只是她不……總之她還好啦，所以閉嘴就是了。」

「好啦。」史考特舉起空出的那隻手表示求和。

伊凡腹背受敵，每走一步，笨重的保冷箱就會碰到內側的腳；塑膠椅又刮著他外側的腳。他暗想，**瘀青又流血，就為了和史考特．斯賓塞一起玩。**為什麼傑克不在家？萊恩也不在家呢？為什麼亞當這個星期要去鱈魚角？爛透了！

「我們要走多遠啊？」史考特嘀咕著。

「就到街角那裡。」伊凡看著汗水從臉龐滴落在炙熱的人行道上。

「我們待在車道就好，那裡可以遮蔭。」

「街角比較好，相信我。」伊凡說。

他記得，去年夏天潔西跟他說過同樣的話。當時他們一起擺檸檬水攤，他們拖著保冷箱過街，路過兩棟房子的時候，伊凡就像史考特一樣大發牢騷。可是潔西態度堅持，「這一邊有人行道，」她說，「這樣兩個方向的行人都會經過，開車的人也會看到我們而放慢速度。另外，旁邊的小路會有一些小朋友，他們的媽媽不希望他們越過達蒙路。所以街角比較好，相信我！」

她說得沒錯。那天下午他們賺了不少錢。

他們花了十秒鐘就擺好了檸檬水攤。伊凡把折疊椅撐開，在保冷箱兩側各放了一把。史考特把招牌面向街道斜放，以便獲得最大的廣告效果。然後他們都坐了下來。

「老天，好熱啊！」伊凡說，然後脫下棒球帽，用T恤把臉上的汗水抹去，接著從保冷箱裡抓起一塊冰塊放在頭頂，再把棒球帽戴回去。

「對啊，」史考特說，「我渴了。」然後他把手伸進紙袋拿出一只杯子，是職棒賽的攤販會用的那種大型紅色塑膠杯，接著他從保冷箱拿出其中一壺檸檬水，將杯子倒滿。

「嘿，別倒那麼多啦！」伊凡說，然後也替自己倒了一杯，不過只倒了半杯，然後咕嚕嚕的灌完。**還不錯**，他想，雖然他有注意到上面漂著一隻死掉的果蠅。自從天氣變溫暖，他媽媽就一直在跟惱人的果蠅纏鬥。廚房的水槽，也就是水果盆那裡，散布著小小的果蠅屍體。

史考特把喝個精光的杯子隨手丟在地上。「啊！」他滿足地說，「好喝！我要再來一杯。」

伊凡伸手撿起史考特扔掉的杯子往椅子底下塞。「不行啦，別這樣，史考特，你這樣會把我們的利潤都喝光的。」他把雙腳跨在保冷箱上。「冷靜點。」

「我再喝一杯就可以冷靜下來了。」史考特說。

出現了，這就是史考特常有的惡劣語氣。伊凡的肩膀緊繃了起來。

「把你的腳移開啦！」史考特說，「這裡很熱耶！」

「老兄，你——」伊凡突然坐起身，往街道那頭望去，「嘿，我們的第一個客人來了。」

有個媽媽推著雙人嬰兒車走進他們的視線。同時，街道另一頭有個幼稚園小朋友騎腳踏車過來，看看招牌之後又匆匆騎走。五分鐘之內，就有一些社區的孩子和行人來攤子買檸檬水。

伊凡讓史考特負責處理錢，他負責倒檸檬水以及「甜言蜜語」，媽媽就是這樣形容銷售員主動找她聊天的情形，「相信我，」她曾經跟伊凡、潔西說過，「有時候，獲得東西只是購買行為的一**部分**，另一部分是與人際接觸。」這些事情崔斯基太太都知道，因為她是公關公司顧問，她還替某位客戶寫過《十大行銷術》的小手冊。伊凡和她很像，善於和別人聊天，即使是大人，這對他來說是輕而易舉。所以，賣檸檬水的時候，他可以和客人很熱絡的對話，讓大家流連忘返，大多數的人在離開前還會多買一杯。

伊凡忙得不可開交，差點沒有注意到潔西騎腳踏車從車庫出來，朝著市區騎去。**還好甩掉她了**，他想，可是他同時又納悶她要到哪裡去。

生意比較清淡的時候，伊凡就在攤位附近走走，撿大家亂丟的塑膠杯。史考特則坐在椅子上，叮叮噹噹地把玩著口袋裡的銅板。

「天啊！我們就要發大財了！」史考特說，「我敢說我們已經賺了至少三百元，我敢說我們可以賺到六百元！你想我們賺了多少？」

伊凡聳聳肩，他數算著手裡那疊用過的杯子，十四。他們目前賣出十四杯，每杯檸檬水五十元。伊凡的耳裡響起德法奇歐老師的聲音，德法奇歐老師是他三年級的導師，她曾卯足全力教伊凡數學。

如果一杯檸檬水賣五十元，賣了十四杯，那麼你賺了多少錢？

數學應用題！伊凡最討厭應用題了！而且這題難到不可思議。他很確定正確的算式是：

$$14 \times 50 =$$

可是，他要怎麼解這道題呢？那是兩位數的乘法耶！他不可能解開的。況且，十四個人當中有人多買了一杯，用的是同一個杯子，伊凡不曉得有多少人這樣做？不過，他知道他們賺了不少錢。對他來說，剛才的估計已經很接近正確的答案了。

「你想，如果我們**賣光光**，能夠賺多少錢？」史考特問。

「我不知道，」伊凡說，「也許六百元？」即使對伊凡來說，這個目標都算高的了，可是他天性樂觀。

「你真的這樣覺得？」

兩個男生看了一下保冷箱裡頭，三壺都空了，只剩下另外半壺。

「你都把杯子裝太滿了，」史考特說，「你應該每杯都倒少一點。」

「帶超大塑膠杯來的是你耶！那種杯子都可以裝一加侖（註②）的檸檬水了！」伊凡說，「而且，我才不要那麼小氣呢！他們買一杯就要付五十元，所以應該拿到整整一杯才對。反正，我們可以回家再調更多檸檬水來。我媽在冷凍庫裡放了好幾罐。」

「那你就回家再調更多過來啊！」史考特說。

「喔，是啦，陛下、大指揮官、了不起的傢伙。你幹麼不**自己**去弄？」

「因為我正在放鬆啊！」史考特說完，就向後靠在椅子上，還傻傻的笑。

伊凡知道史考特只是在開玩笑，但這就是他不喜歡史考特的地方。史考特的眼裡只有自己，總是想要占上風。如果他們玩籃球淘汰賽，史考特總是會提出新規則，就是為了要讓自己變成贏家；如果他們一起做作業，史考特總會想出分配的方法，好讓自己少做一些。這傢伙很狡猾，真的是這樣。

可是其他人都出城去了，伊凡不想獨自度過這一天，而潔西——潔西被列在他的「便便清單」上，也就是小狗犯規了，媽媽都這樣說。伊凡可能再也不會和潔西一起玩了。

伊凡越過街道、走進屋裡。哇！他詫異地發現冷凍庫裡的檸檬汁都不見了！今天早上明明還有很多。幸運的是，冷凍庫裡還有一罐葡萄汁，冷藏室裡也有一瓶薑汁汽水。**行得通的**，他想，**大家只是想喝冷飲，不會管是不是檸檬水的。**

他在水槽調葡萄汁。由於他們之前把檸檬水滴在流理台上，果蠅失控的狀況比之前還嚴重。伊凡拍掉了幾隻，可是大部分都飛出他摸得到的範圍，降落在水果盆那裡，他真希望媽媽願意啟動化學戰。可是對崔斯基太太來說，如果不講求自然，就什麼都不要。

伊凡走出屋外，回到檸檬水攤時，注意到最後一壺已經倒放在保冷箱上。

「喔，你怎麼這樣啊，史考特。」他說。

「怎樣啦？很熱耶！是你說我們可以再調更多的。」

「對啦，哼，家裡的檸檬汁沒有我想的那麼多。所以我準備了葡萄汁和薑汁汽水。」

「我最討厭薑汁汽水了，」史考特說，「我連一毛錢都不想花錢買。」

結果很多人都有同感，生意的確愈來愈清淡。天氣變得愈來愈熱，陽光狠狠的打在他們身上，讓人聯想到，彷彿人行道熱到裂開大洞，把他們整個吞噬下去。

伊凡邊搧風邊問：「說真的，你想我們賺了多少錢？」

「不知道。」史考特說著就把棒球帽往下拉，蓋住雙眼。

「我是說，像今天這種大熱天，」伊凡說，心裡默默加了「**或是像明天這種大熱天**」的字眼，「如果我們賣了八大壺的檸檬水，你想我們每個人可以賺到多少？」

「八大壺？我哪知道？」史考特搖搖頭說，罩著棒球帽的臉來回搖擺，「我已經熱到沒辦法算數學。再說現在是暑假耶！」

伊凡從口袋拿出紅筆，開始在手心上寫字。

$8 \times ?$

$8 \times 50? \quad \div 2$

看起來不大對。

潔西就會知道，她一秒鐘就能算出來。

伊凡套上筆蓋，用力把筆塞進口袋。「可是我打了很大的賭，」伊凡說，「我打賭像這樣的大熱天，可以靠檸檬水生意賺大錢。」

「對啊，」史考特說，「等我們有錢了，我就可以買 Xbox 電玩，新的那款，有雙重控制桿的。」

「我要買 iPod。」伊凡說。為了買這個東西，他已經存錢存了一年多。可是每次只要他手上一有錢，錢就會消失不見，唉！就像外婆給的那五百元。她還在卡片上寫著：「這裡有一點錢，可以幫你快點買到你想要的那個音樂玩意兒。」可是錢很快就用完了，他請保羅和萊恩到餐廳吃了幾片披薩，當時玩得很開心。

「那一定會很棒，不論何時想聽音樂都可以聽。」伊凡說，**我就可以不用聽你講話了**，他在腦中悄悄追加了一句。他們默默坐著，感覺熱氣漸漸吸走了每一點精力。伊凡正在醞釀一個計畫：熱氣應該會持續至少五天，如果這五天，他跟朋友（**不是史考特**）每天都擺檸檬水攤，他賺到的錢肯定能夠買 iPod。他想像自己戴著它走路上學的模樣，還有在操場上戴著它的樣子。「**嘿，梅根。是啊，這是我的 iPod。不賴吧，嗯？**」上課時，老師嗡嗡講著分數和百分比的時候，他也要戴著，不行。不過，總之會很酷就是了。至少會有一樣東西，就一樣東西，讓開學變得不那麼討厭。

兩個小時之後，他們決定喊停。因為銷售下滑得很快，最後完全停擺了。

「嘿，你有沒有注意到一件事？」伊凡邊收摺疊椅邊說。

「什麼事？」史考特說。

「剛開始擺攤時，大部分的生意都是從那個方向過來。」他指著街道過去馬路轉彎的地方。「可是，一個小時之後，從那個方向走來的人，一杯也沒跟我們買，一個也沒有。他們都說：『不了，謝謝。』然後繼續往前走。你覺得是什麼原因？」

「不知道。」史考特說。

「天啊，你還真是積極進取！」伊凡故意諷刺的說。

史考特聽了就往伊凡的胸膛搥去，不過伊凡伸手防禦，揮掉了史考特的帽子。史考特手忙腳亂地要撿回帽子時，伊凡說：「你在這裡守一下，可以吧？」然後他就往街道的另一頭走去。一繞過轉彎處，他就知道為什麼自己的生意變得那麼差了。

潔西在那裡，還有他班上的**梅根．莫里亞堤**。她們就站在涼亭裡，招牌說明了一切。

她們的生意看來很興隆。

伊凡看到潔西從被小孩包圍的媽媽手中，接下了一把百元紙鈔。就在那一刻，潔西抬頭看到了他。伊凡有種奇怪的感覺，好像自己被逮到小考作弊似的。他明明想要拔腿就跑，但身體卻凍住不動。潔西會有什麼反應？

伊凡真不敢相信，她對他露出了嘲諷的笑容。她歪著頭對他露出「我比你厲害太多了」的微笑。然後——**然後**對他揮揮手中的錢，她竟然**揮了揮錢**！彷彿在說：「看看**我們**賣檸檬水已經賺了多少！打賭你贏不了！」

伊凡猛然轉身走開。梅根．莫里亞堤清脆的笑聲從背後傳來，正在嘲笑他。

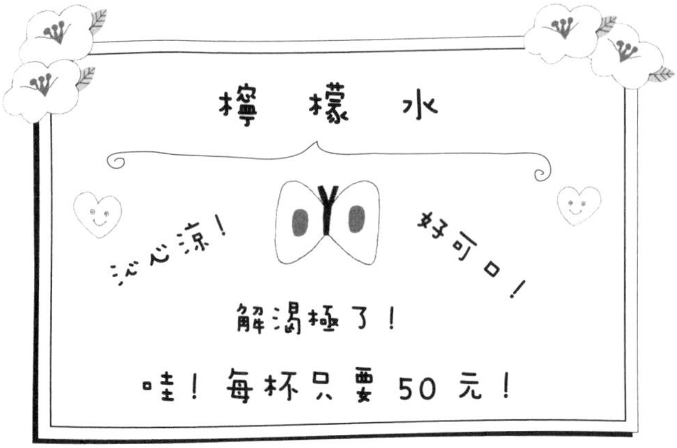

②在美國，一加侖大約等於三．七八五四公升，約等於二瓶家庭號鮮乳。

4 合夥關係

合夥關係

（partnership，名詞）

兩個或多人把各自的金錢、技巧和資源結合起來，經營一項生意，並同意不論盈虧都要一起分享承擔。

潔西一直在等這一刻——伊凡會看到她們的檸檬水攤、看到她們攤位的精采裝飾、看到排隊等候的人潮、看到**梅根．莫里亞堤**就站在她身邊。他一看到這些景象，就會心生佩服。他會心想：**哇！潔西這小鬼真酷！她真的很懂得經營檸檬水攤**。然後他會慢跑過來說：「嘿，我可以幫忙嗎？」潔西就會說：「當然好！我們本來就希望你會過來。」

然後一切就會回到從前了。

事情為什麼沒那樣發展？

潔西一部分的腦袋繼續向客人收錢、找錢，那部分腦袋運作正常。而另一部分的腦袋重溫著她和伊凡之間發生的事，這部分的腦袋卻在原地打轉。

她和梅根一起賣檸檬水，而且生意很好。社區裡的堡利太太走了過來，她家後院有一堆孩子正在玩水，在灑水器之間跑來跑去，他們想買十二杯檸檬水。十二杯耶！是當天最大的一筆買賣。梅根毫不遲疑地開始倒檸檬水，潔西接過堡利太太遞來的六張百元紙鈔。堡利太太後院的小朋友們反覆喊著：「檸檬水！檸檬水！檸檬水！」

有隻蒼蠅嗡嗡地飛過潔西的耳邊——因為檸檬水滴灑在攤子上，黏答答的，所以一直有蒼蠅的問題，她因為雙手忙著算錢，所以她將頭往旁邊歪，想把蒼蠅趕走。就在那時，潔西抬起頭來，看到伊凡站在那邊目不轉睛。

於是她展露出笑容。

可是他沒有用微笑回應。

即使她手裡抓滿了錢，還是向他揮了揮手。她使勁揮手，是想讓伊凡知道她很高興看到他。

之後伊凡就大步走開，雙腿僵硬、動作匆忙。她一直沒機會說：「當然好！我們本來就希望你會過來。」就像她在腦海裡演練過的那樣。

就在那時，兩歲大的湯米．堡利拉下自己的游泳褲，在草坪上尿尿。梅根笑得好大聲，潔西確定整個社區都能聽得見。

事情就是那樣，確實是那樣沒錯。但是潔西知道，這與實際上發生的狀況全然不同，而且她搞不懂，就像她常常弄不懂大家的很多事情。

她只知道，她看到伊凡走開了，是那天第二次從她身邊走開，讓她覺得好傷心也好孤獨，她真想直接跑回家，躲進房間，在床上縮著身子讀《夏綠蒂的網》。

「嘿，收銀小姐，」梅根用手肘推推她說，「你慢半拍了喔！這位女士買三杯，這個小孩買一杯。」

潔西原本望著伊凡漸行漸遠的身影，現在才轉過身來對站在面前的女士說：「總共一百五十元。」她收下對方遞來的兩百元鈔票，從鎖盒裡找錢，把所有的精神集中在還能正常運作的那部分腦袋。

沒錯，一開始伊凡走出車庫的時候，潔西砰砰砰的上樓回到房間，就是絞盡腦汁想讓他的生活變得慘兮兮。

她考慮要跟媽說，當初把烤麵包機弄壞的是伊凡（因為在家裡玩曲棍球違反了家規）；她還考慮要把他房間裡每張屬於她的CD都拿回來（雖然她知道那就表示，她也必須把屬於**他的**所有CD都還回去）；她甚至考慮要在他的鞋子裡塗花生醬（她在某本書裡讀到這種方式。她很愛想像伊凡被嚇到、以為自己鞋子裡面有狗大便的那一刻。）。

可是，當這些點子不再繞著她的腦袋蹦蹦跳跳，當她的呼吸恢復正常，不再緊握拳頭，她知道自己真正想要的是把以前的伊凡找回來。和伊凡在一起向來都很好玩，每次遇到困難，他就會拉她一把。

就像她把媽媽特別留起來要帶到女童軍會議的奶油酥餅吃光光的那一次，當時伊凡騎腳踏車到便利商店，趕在媽媽注意到以前買一包新的回來。還有，當她不小心（嗯，也不算不小心啦，可是她哪知道？）把外婆花園裡要用來混種的紅花摘了下來，伊凡假裝這件事是他們兩個一起做的，共同承擔外婆的失望。或是潔西好氣爸爸離開他們，把爸爸送她的心型陶瓷飾品砸破，當她對著那顆破碎的心哭泣的時候，伊凡就把每一個碎片黏回去。

她希望一直是她最好朋友的那個伊凡能夠回來。

可是伊凡不想理**她**了，因為伊凡認為她是個小貝比，認為她會在歐佛頓老師的班上讓他很沒面子。所以她必須向他證明，自己是個大孩子了；證明她可以跟得上大家的腳步；證明即使是在他的四年級那班，她也可以融入。

我要表現給他看，我也會賣檸檬水，和他、史考特一樣厲害。我不會讓他沒面子。於是潔西開始做起生意。

她需要一個夥伴。她從過去的經驗學到，大家都覺得獨自經營檸檬水攤並不酷，反而會覺得那個人很可悲。而且她的夥伴必須是四年級的女生，因為那就是這個計畫的目的——表示她可以和四年級生相處融洽。所以，問題是要找**誰**才好呢？

必須是住在這個社區裡的女生，或者至少近到騎腳踏車就能到；而且必須至少和潔西說過一次話，她不可能打電話給她從來沒講過話的人；還必須是看起來個性不錯的人。

最後一個條件會有問題，因為潔西知道，她常常以為某些人不錯，最後卻發現他們人並不好，那些三年級女生就是活生生的例子。所以潔西決定，必須是**伊凡**覺得不錯的人才行。這些事情伊凡都很懂，他當初用強壯的手臂搭住她的肩膀，向她解釋說：「潔西啊，那些女生在捉弄你。她們人**不**好。」

當潔西思考這些條件時，只有一個明顯的答案：梅根．莫里亞堤。她住在街道過去的那邊，距離不到三個街區。潔西在社區裡騎腳踏車的時候，跟她打過幾次招呼。而且伊凡一定覺得她不錯，因為潔西在他的垃圾桶裡，發現一張寫滿梅根名字的紙張。如果他不覺得她人好，何必在紙張上寫滿她的名字？

潔西走到廚房，爬上凳子，才搆得到爐子上方的櫃子。她把學校的通訊錄拿下來，翻查去年兩個三年級的班級清單，竟然沒有梅根．莫里亞堤。對喔，潔西想起來了——梅根是在學年過了一半的時候才轉學進來的。潔西的心往下沉，轉而查看市區電話簿。達蒙路這裡並沒有登記莫里亞堤家的電話。

「好吧。」潔西啪地闔上電話簿，並放回爐子上方的櫃子裡。「進行B計畫的時間到了。」

潔西走到衣櫃前，拿出放暑假以來就掛在那裡，空空如也的背包。她把冷凍庫拿出來的三罐檸檬濃縮汁，還有裝滿零錢的鎖盒，全都放進背包。（外婆去年給她的五百元紙鈔，還用迴紋針別在生日賀卡上，她把錢連同卡片都放進鎖盒最上層的抽屜裡）。然後她走到車庫，扣好安全帽，騎上腳踏車出發。她離開車道的時候，看得到伊凡和史考特擺在街角的檸檬水攤，但是她刻意小心地避免眼神的接觸。她想等自己準備好讓伊凡佩服的時候（噠啦，你看！）才要跟他說話。她想像他甩掉史考特之後跑來陪她，心就雀躍不已。

梅根的家好近，潔西不到三十秒就騎到了。不到三十秒耶，她**根本**來不及想要怎麼說。於是，她在房子前面來來回回騎了大約十五次，努力想挑選適切的字眼。

「你在幹麼啊？」樓上窗戶有個聲音喊道。

潔西猛力踩下煞車，抬頭一看，梅根正往下瞪著她。她看起來好巨大，語氣聽起來不怎麼好。

「騎腳踏車啊。」潔西說。

「可是你幹麼來來回回騎啊？」梅根不耐煩地問，「而且還是在我家前面？」

「我不知道，」潔西說，「你想一起玩嗎？」

「你是誰啊？」梅根問。

「潔西。」潔西說，並往街道過去她家的方向一指。

「伊凡的妹妹嗎？」梅根說。

潔西覺得自己像個洩氣的氣球。「嗯。」

「喔，」梅根說，「你戴安全帽，所以我才認不出來。」

潔西把安全帽摘掉。「所以你想一起玩嗎？」她問。

經過一陣長長的停頓。

「伊凡在哪裡？」梅根問。

「他跟朋友出門去某個地方。」潔西說。

「喔！」梅根說。潔西盯著地面。

伊凡曾經對她說過，**除了嘴巴講出來的話以外，雙手、臉龐和站姿都會透露訊息。你一定要注意，小潔。你要觀察身體所傳達的訊息，而不是嘴巴吐出來的話。**

潔西抬頭看，梅根在那麼高的地方，而且在紗窗後面，很難看得清楚。潔西用力吸了一口氣，說：「你想做點什麼事嗎？」

又一次長長的停頓。潔西開始在腦中數數，**一個一千、兩個一千、三個一千、四個一千、五個一千、六個一千……**

「好啊！」梅根說。然後她就從窗戶消失了。

一分鐘後，梅根出現在門口。「嘿！」她邊說邊開紗門。

潔西走進去的時候，舉起手做了一個介於揮手和敬禮之間的手勢。她沾了汗水的瀏海黏在額頭上，就是安全帽壓住頭髮的地方。她好緊張，很怕自己說出什麼傻話，於是什麼也沒說。梅根靠在樓梯扶手上，雙手交叉。

「所以，」潔西盯著梅根，梅根正把玩著手上的七、八個手環。潔西數了數，有兩個「活得健康」、一個「紅襪世界冠軍」、一個「畸形兒基金會」、一個「防治乳癌競跑」。「那個是什麼？」她指著有虎紋的手環問。

梅根把它從手腕取下來，遞給潔西看。「這是動物救援聯盟的。我媽捐了一些錢給他們，他們就給我們這個手環，還有一張保險桿貼紙。我總共有二十二個手環。」

「真酷！」潔西邊說邊把手環遞回去。梅根把它戴回去後繼續把玩，反覆推上又推下。

「所以，你想做什麼？」梅根問。

「我不知道，」潔西說，「我們可以……我不知道，讓我想一想。我們可以——擺檸檬水攤！」

「呃……」梅根用覺得無聊的語氣說。

「喔，會很好玩的！好嗎？」

「我們家沒有檸檬汁。」梅根說。

「我有三罐。」潔西說著說著就讓背包從背上滑下來，把三罐冰凍的檸檬濃縮汁全倒出來，她的鎖盒也跟著哐啷啷滾了出來。

「那是什麼？」梅根問。

「我的鎖盒，」潔西說，「我們用它來找零錢。」她感覺自己臉紅了起來。也許四年級生不應該還在用鎖盒？

「你有多少錢？」梅根問。

「你是說零錢，還是全部加起來的錢？」

梅根指指鎖盒，說：「裡面有多少錢？」

「七百八十元。有十四個五十元硬幣、五個十元硬幣、三個五元硬幣，以及十五個一元硬幣。」潔西沒提到她留在家裡的三百元。

梅根挑了一下眉毛。「確實嗎？」她問。

眉毛那樣是什麼意思？潔西驚慌地納悶著。梅根為什麼對她微笑？**潔西，那些女生在捉弄你，她們人不好。**

潔西不發一語，覺得有點反胃，覺得這件事不會有好結果。

梅根挺起身子。「哇！你真有錢，」她說，「想去便利商店嗎？我們可以買思樂冰。」

「可是——」潔西指指倒在走廊地毯上的檸檬汁罐，上頭的冰霜已經開始融化了。

「我們可以之後再弄檸檬水攤，」梅根說，「也許吧。」

潔西想到史考特和伊凡在兩個街區之外愈賣愈多的情形。如果她沒辦法說服梅根一**起**擺攤，要怎麼向伊凡證明自己的能力？

「**先弄**檸檬水攤好嗎？」潔西說，「然後再用賺到的錢去買思樂冰。我打賭到時還會有錢可以買洋芋片，還有口香糖！」

「你覺得嗎？」梅根說。

「我**就是知道**，」潔西說，「看！」她舉起一罐檸檬汁，「罐子上面說『可以調出六十四盎司（註③）』。所以每罐可以泡八杯，每杯賣五十元，那樣就是四百元。然後總共有三罐，加起來就有一千兩百元。對吧？」那些數字在潔西的腦海裡快速閃過，根本不用想是在算乘法、除法和加法，自然而然就想通了。

「嘿，你到底幾歲啊？」梅根問，斜眼看著她。

「八歲，」潔西說，「可是我下個月就九歲了。」

梅根搖搖頭，說：「剛剛那種算法感覺不大對。靠那三小罐，我們哪有可能賺到一千兩百元啊！」

「可以啦，」潔西說，「我算給你看。你有紙嗎？」

潔西開始畫起圖來，她知道其他小孩沒辦法像她那樣運算，他們需要畫出來才懂。

「看，」她說，「這裡有三大壺檸檬水，因為我們有三罐檸檬汁。每一壺裡面都有六十四盎司。」

「好，我們每倒一杯檸檬水，就會倒出八盎司，因為一杯可以裝那麼多。不要少倒，不然人家會說你是小氣鬼。所以每一壺有八杯的分量。因為八乘八等於六十四，對吧？」

「好，我們每杯會賣五十元，價格很公道。那就表示，我們只要賣掉兩杯，就會賺一百元，對吧？因為五十元加五十元等於一百元。所以你看，我每兩杯就圈起來，有幾個圈就等於我們會賺到幾百元。數數看！」

梅根數了數圈起來的每對杯子。「……十、十一、十二。」

「那就是我們會賺到的錢，」潔西說，「**如果**我們把檸檬水賣光光的話，**如果**我們擺檸檬水攤的話。」

「哇！」梅根說，「你的數學真的很厲害。」她像青蛙一樣鼓起臉頰，想了片刻之後，用雙手把臉頰戳扁，說：「好吧，我們就來擺檸檬水攤吧！」

潔西覺得如釋重負。也許之後還是能順利進行。

一個小時之後，潔西和梅根就把梅根家地下室的小小木偶臺，變成了這區最炫的檸檬水攤。他們用皺紋紙花、剪紙蝴蝶、亮粉心型做了裝飾，搶眼極了。

大家都注意到了！社區裡的小孩、遛狗的陌生人、推嬰兒車散步的媽咪，甚至是修理電話線的兩個工人，

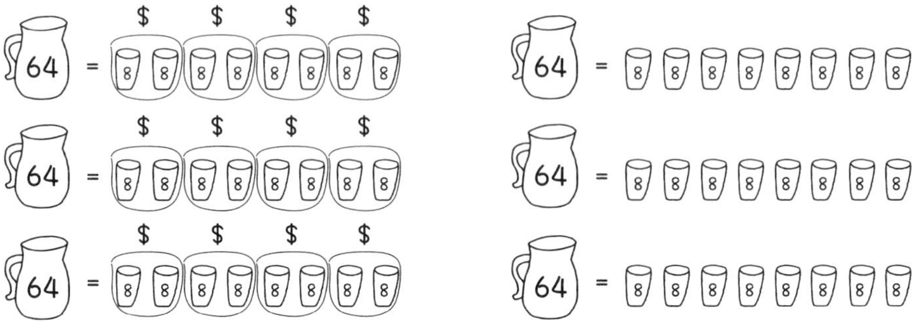

他們全都跑來買檸檬水了。

當潔西和梅根就快斷貨的時候，莫里亞堤太太到商店買了三罐回來，免費送給她們用！

所以當堡利太太要買十二杯的時候，伊凡恰巧繞過街道轉彎處，看到她的檸檬水攤。潔西覺得自己好像小考得到滿分，**而且**還因為表現優異多得了五分。

可是伊凡為什麼氣呼呼地走開了？

為什麼她不覺得自己贏了？

③一盎司大約有二十八CC。

5 競爭

競爭

（competition，名詞）

在市場上一爭高下。

聲。

那天晚上，崔斯基家的晚餐時刻靜悄悄的，使得接下來的爆發顯得**特別**大

今天輪到潔西負責刮乾淨碗盤上的殘渣，由伊凡清洗和收拾。伊凡看了看左邊那疊髒盤子，潔西的進度超前了。輪到她負責清理時，她的動作向來都會快一步，可是今晚感覺起來就像是在嘲笑他。對伊凡來說，刮盤子的聲音每次聽起來都像是在說：「跟不上、跟不上。」

伊凡正在刷沙鍋，潔西把最後一個髒盤子疊在他的手肘旁邊。接著她沒說借過，就把雙手擠到水龍頭下沖洗，然後**幾乎直接對著伊凡的臉**甩了甩手，接著說：「你們賺了多少錢？」

真是夠了！他再也憋不住了！

「你幹麼那樣啊？你幹麼一定要破壞我做的每件事？」一時之間，伊凡也不確定自己指的是檸檬水攤，還是梅根．莫里亞堤，他把事情全都混為一談，同時指著這兩件事。

伊凡把四罐檸檬汁、一罐葡萄汁和一瓶薑汁汽水的錢還給媽媽以後（她從辦公室下樓，發現家裡連一罐冷飲都沒有時，滿不高興的），剩下兩百元。但他**才**

不要跟潔西講呢！不只那樣，他很確定史考特把他們一起賺到的五百元紙鈔私吞了。唉！伊凡又能怎樣呢？難道要史考特把口袋全都翻出來嗎？伊凡沒有追蹤銷售的細節，所以沒辦法確定。

「**我**幹麼那樣？那**你**又幹麼那樣？你為什麼邀那個**渾蛋**過來擺檸檬水攤？」潔西吼道，「你為什麼不肯讓我一起玩？壞心的是你。」

「你真愛現，」伊凡說，「你就是要讓大家知道你比較聰明。」

「我哪有愛現？我只是想要玩得開心一點。那樣違法嗎？你不肯跟我一起擺檸檬水攤，那我也不要跟你一起擺檸檬水攤，我會跟我朋友梅根一起弄。」

「你**不可以**當她的朋友！你**不可以**跟她做朋友！」伊凡吼道。

「為什麼不行？」

「因為你是小小孩，根本不屬於四年級。因為你只是個討人厭的愛現鬼，沒人喜歡你！」

那些字眼像是噁心的蜘蛛一樣，紛紛從他的嘴裡跑了出來。它們很恐怖，可是能夠擺脫它們，感覺**還真好**。

然後伊凡看到潔西顫抖著嘴唇。糟糕，潔西哭起來總是驚天動地。她不常哭，也不會哭很久，但是只要一哭，就會很大聲。媽媽會從她的辦公室下來，到時候伊凡又要背黑鍋了。**不公平！**

可是潔西不肯罷手，她用盡全力把矮矮的身子拉到最高，然後說：「梅根喜歡我，她邀我明天去她家。我們明天會再擺一個檸檬水攤，賺比今天多**兩倍**的錢。」

喔，真是**夠了！**她會毀掉一切的。新學年都還沒開始呢！她就已經要在梅根面前讓他難堪了。她要讓梅根認為他只是某種傻瓜輸家，連擺個檸檬水攤，都贏不過自己的妹妹。伊凡脾氣爆發了！「我才不信，髒西（註④），」他說，潔西很討厭那個綽號，伊凡只有在非不得以的時候才會用，「我在開學以前每天都會擺檸檬水攤。等到夏天結束的時候，我會賺到五千元，多到可以買 iPod。」

「喔，**拜託！**說得好像你想要就**可以**辦得到似的，」潔西說，「我跟梅根今天每個人各賺六百元耶。我們**輕輕鬆鬆**就可以賺進五千元。」潔西彈了彈指頭。

「然後又怎樣？」伊凡說，「你要把錢鎖在盒子裡，一直存到你五十歲的時候。你是這個星球上最小氣的人。」

潔西身子一僵，嘴巴噘成滑稽的O字型。接著她手插腰，對著伊凡冷笑。

「說給你參考一下，我會賺到五千元，然後捐給**慈善機構**。」

伊凡嗤之以鼻的說：「最好是啦！什麼慈善機構？」

一陣長長的停頓之後，潔西很順口的說出：「動物救援聯盟。我跟梅根今天談過。」

「你根本不喜歡動物。」伊凡說。

「大家都喜歡動物！」潔西吼道，「我要捐五千元給他們。所以你**不能再**說我是小氣鬼了！」

「我希望我永遠都不必再跟你**講話！**」伊凡吼道。

「嘿！」樓梯上傳來尖銳的人聲。崔斯基太太的頭髮插著鉛筆，滿臉擔憂地說：「我遠在閣樓上，冷氣還開得很大，卻還能聽得到你們兩個人的聲音。怎麼回事？」

伊凡看看潔西，潔西望望伊凡。

他們之前一起發過誓，是用口水正式立下的誓約。

「沒事。」伊凡說。

「沒事。」潔西說。

崔斯基太太瞧了瞧他們兩個。「快啊，快說！你們兩個在吼些什麼？」

「不是吵架啦，媽，」伊凡說，「我們只是在開玩笑。」

「對啊，」潔西說，「我們在胡鬧啦。吵到讓你跑出辦公室了，對不起！」

崔斯基太太用雷射般的眼光掃視他們兩人。潔西把擦碗巾掛在烤箱門把上，細細地調整，直到筆直完美的地步。伊凡則俯身刷沙鍋，刷了又刷，有如生死攸關，刷得非常用力，手肘都撞到水果盆了。果蠅像一團雲朵似地升空，然後又降下來停住。

「喔，天啊！」崔斯基太太喊道，「你們看看那些果蠅！」她的肩膀垂了下來。「好吧！嗯，我得上樓了。你們可以先沖澡和看書，最後我再下來送你們上床和關燈？」

「當然好，媽。」潔西說。

「沒問題。」伊凡說。

崔斯基太太消失在樓上後，潔西

轉向水槽邊的伊凡。

「我們來打個賭，」她說，「只要誰賺到五千元，就算贏了。**輸家**必須把賺的錢都給贏家。」

伊凡搖搖頭。「不公平，」他說，「你早就有一些存款了。」

「那筆錢不算，」潔西說，「我們從今天的收入開始算。必須**都是**賣檸檬水得到的錢，幫忙割草或是清掃車庫等其他事都不算。」

「喔，要是我們沒人賺到五千元呢？」伊凡說，一副不喜歡這項提議的樣子。

「那麼，最接近五千元的那個人就算贏。如果我們都賺超過五千元，賺到最多錢的人就算贏。」

「我們什麼時候要結算？」伊凡問。

潔西想了想。「星期天晚上，看煙火以前。」她直直盯著伊凡看。「嗯？怎樣啊？」

伊凡不喜歡打賭，他真的沒那麼喜歡競爭。他愛打籃球，總是全心投入，可是輸贏對他來說差別不大。他只是喜歡打球。

可是，眼前這件事不一樣，這很重要。如果他在這次打賭沒贏潔西，如果他不能在檸檬水戰爭裡打敗妹妹，那麼，伊凡想到即將在眼前展開的一整個學年——就完蛋了。他倒不如現在就放棄一切。

「賭就賭啊！星期天晚上以前賺到五千元。贏家全拿。」他在水槽上甩甩溼答答的雙手，用擦碗巾拭乾，然後對潔西擺出威脅的表情。「你最好祈禱，到時會有人可憐你。」

④ Juicy 的英文發音和潔西（Jessie）很像，Juicy 有「多汁」、「有利可圖」等意思，在此有調侃的意味，故以 Juicy 的音譯「豬西」取代。

6 低價銷售

低價銷售
（underselling，名詞）
把同樣商品的價格調得比競爭對手低。

潔西知道伊凡一定有什麼計畫。首先，他昨天晚上打了一堆電話，至少有十通。

然後他今天早上來敲她的房門，想討走靠在她房間牆壁上的珍珠板。

「想都別想，」她回答，「那是我要參加勞動節展示用的。」

「喔，算了吧！今天都星期四了，競賽是在星期一，你一點想法也沒有。」伊凡說。

「我當然有想法，只是不告訴**你**。」潔西根本還不曉得勞動節的展示要做什麼，可是她才不要讓伊凡知道，免得正中他的下懷。

「那你怎麼什麼都還沒做？」伊凡說，指著空白的珍珠板，還有幾袋碰也沒碰的美術用品。「你應該已經貼上圖片、加上文字，還有大大的標題才對，就像學校的報告那樣。」

潔西瞇起眼睛、噘起嘴，做出「你是大白癡」的表情。「不用你擔心，會很棒的，我會得第一名。反正，這些用品是媽買給**我**的，我才不要分給**你**。」

潔西當著伊凡的面用力關上門的時候，聽到他咕噥：「小氣鬼。」

現在，伊凡的三個朋友都來了——保羅、傑克和萊恩，他們都帶著紙袋出現，在車庫裡製造了一堆噪音，門上還貼了「不准進來」的大標示。反正，潔西才不想進去，誰在意一群男生在幹麼啊？可是她真希望梅根約她去家裡玩的時間是在午餐以前。

潔西到廚房做火雞三明治。那些男生把廚房弄得一團亂，四處黏答答的，有花生醬、起司玉米片，還有——沒錯，還有一灘灘黏黏的檸檬濃縮汁。潔西匆匆往水槽底下的垃圾桶一瞥，總共有十二個冷凍檸檬濃縮汁的空罐子。十二罐耶！那就可以泡出九十六杯的檸檬水，可能會有九十六杯的銷售額。天啊！

伊凡去哪裡弄來那麼多檸檬汁的？他又沒去商店，而且身上也沒什麼錢。潔西想起了保羅、萊恩和傑克帶來的紙袋，她敢說他們都突襲了自己家裡的冷凍庫，把存貨全都帶過來了。好不公平！她和梅根今天必須自己去買檸檬汁，而且是花她們昨天賺來的錢。如果男生們有免費的檸檬水可以賣，那麼她們要怎麼在這場比賽裡保持領先？

「快動腦筋，潔西，快想。」她喃喃自語。她不能讓那些男生贏。

等到她吃完午餐、清理乾淨以後（她才不要幫男生清他們搞的那一團亂），她腦中的計畫有了一點眉目。

當她敲了敲梅根家的紗門，來應門的卻是卡莉．布朗奈時，她覺得一頭霧水。因為潔西一直準備好要對梅根說：「我有個很棒的點子哦！」可是出來的卻是卡莉，還低頭瞅著她，彷彿她是隻小蜈蚣。

「嗯，梅根在家嗎？」潔西問。

卡莉往潔西背後東看西瞧，卻沒把紗門打開。「伊凡呢？」

「啊？」潔西說。

梅根捧著好幾瓶指甲油跑下階梯。「喔，嗨！潔西。」她邊說邊開門，然後把頭探出來東張西望。「伊凡在哪裡？」

「他在家裡。怎麼了？」潔西問。卡莉發出河馬般哼哼鼻子的聲音。

「我以為你說他要來。」梅根說。

「沒有，我沒說，」潔西說，「你那時說，如果我們三個一起擺檸檬水攤，會很好玩。我就說，對啊，會滿好玩的。」

「所以，他不想參加嗎？」梅根問。

「我一直沒問他。」潔西說。

「喔，我還以為你會問他。」梅根說。

「那麼你那時候就應該說：『嘿，潔西。問問伊凡明天想不想弄檸檬水攤？』那樣我就會問他。」這就是女生讓潔西很頭痛的地方。她們總是把話說一半，然後期待你會自己猜出另一半，而潔西永遠都猜不中另一半。

卡莉對梅根做了一種表情，潔西不確定那個表情的意思，可是她十分確定它的意思並不好。

那就是潔西討厭女生的另一件事，她們老是在做表情，那些表情包含了各種奇怪又複雜的訊息。

去年，二年級的時候，有四個女生總是互相交換表情——貝琪、蘿麗萊、安芮雅、愛琳。潔西看著她們，知道伊凡說得沒錯：她們不用說話就能交談，她們用眼神來傳達祕密訊息。潔西也知道她們不喜歡她，可是她之所以會知道，也是因為伊凡終於在耶誕節假期時解釋給她聽了。他跟潔西說這件事的時候，她還相當訝異。她們都笑呵呵的，怎麼可能很壞心？

成立「狂野熱門豆豆軟糖」社團的就是她們四個，她們又叫作 WHJ 社團。貝琪是社長，其他人都聽她的指示做事。她們做了社團標誌、紙鈕釦、會員證。班導師索倫老師通常不准大家在班上組社團，可是這次破例批准，她對那些女生說：「我會讓你們在班上戴鈕釦，可是有一個條件，就是如果其他人想參加，你們就要讓他們參加。」當天快下課的時候，班上每個小孩都別著 WHJ 鈕釦，連潔西也是，她以前從來沒參加過社團。

貝琪對她的態度感覺很好。「那應該是你的第一條線索。」伊凡事後跟潔西說。貝琪為潔西額外多做了幾個鈕釦，幫她貼在她襯衫各處，還為她做了一張特別會員證，甚至為她做了一個 WHJ 標誌貼在她的作家工作坊資料夾上。

潔西記得當時那些女生都哈哈大笑，潔西也跟著笑。之後貝琪、蘿麗萊、安芮雅、愛琳來來回回閃著奇怪的表情，就像在班上傳來傳去的祕密紙條，潔西永遠讀不到。

隔天，索倫老師把所有的鈕釦和會員證都沒收了，甚至更換了潔西的作家工作坊資料夾。「教室裡不能有社團，」她說，「我之前竟然批准了，我做了差勁的選擇，即使只是為期一天也一樣。」

操場上，潔西走向貝琪，問：「索倫老師為什麼要解散社團？」貝琪擺臭臉給潔西看，她整個早上都很暴躁。「你還不懂嗎？笨蛋。WHJ 的意思不是『狂野熱門豆豆軟糖』社團。我們剛剛才跟索倫老師說，它代表的是『我們討厭潔西』

（註⑤），那是『我們討厭潔西』社團，班上的每個人都是會員。」

潔西瞪著貝琪。她們為什麼討厭她？她哪裡對不起她們了？沒道理啊！然後蘿麗萊、安芮雅和愛琳都笑了出來，連貝琪都露出冷笑。

「渾蛋！」事後，潔西跟伊凡講整個事情的來龍去脈，他說：「她們腦袋裡裝的都是石頭。可是小潔，你一定要防範那樣的女生。」

潔西站在梅根家的前廳盯著卡莉，內心有個聲音告訴她，卡莉就是「那樣的女生」。

「唉，」潔西說，「又沒關係。伊凡沒辦法過來，他很忙。我們一定要開始進行我們的檸檬水攤了。我有個很棒的點子。」

「我們才不想弄檸檬水攤呢！」卡莉說。

潔西看著梅根。

「只是……」梅根把玩著手中的指甲油，就像她昨天把玩著手環一樣。「天氣有點熱，而且我們已經擺過檸檬水攤了。現在卡莉過來了。所以，你懂吧？」

「你之前明明說你想。」潔西說，**而且我還以為你喜歡我**，她在腦中追加這一句。她感覺自己的下嘴唇顫抖起來。**現在不行**，她在內心吼道，**不准你表現得**

像大嬰兒一樣！

梅根默不作聲地站在那裡把玩著瓶子。接著她轉向卡莉，說：「喔，別這樣啦，卡莉。會很好玩的！我們昨天賺了一堆錢耶！而且真的……滿好玩的。」

卡莉又起手臂，繃緊嘴脣，然後挑起一邊眉毛。她能把眉毛挑得那麼高，真不可思議，潔西從來沒看過那麼高的眉毛。

「喔，別這樣啦，卡莉。」梅根又說一次。卡莉動也沒動。

「嗯，那麼我想……」梅根愈說愈小聲，她用一瓶指甲油敲敲另一瓶，答答的輕響填滿了冗長的沉默。「我想，我跟潔西就自己擺檸檬水攤囉！」

卡莉的眉毛一皺，手臂往下一垂。「隨你便！」她說著就走出門。「如果你想要，就花整天當保母好了。」紗門砰砰關上後，無比的寂靜隨之而來。

「隨你便！」梅根模仿卡莉的語調說。

潔西笑了出來，雖然還是被關於保母的那番話刺痛了。「謝謝你願意跟我一起擺檸檬水攤。」她說。

「你在開玩笑嗎？」梅根說，「她是個勢利眼的混蛋。我根本沒邀她過來，她只是騎車經過，一聽到我說你和伊凡可能會過來，就直接走進我家了。」

「四年級的女生都像她那樣嗎？」潔西問，她努力裝出漫不經心的語調。

「有些是，有些不是。」梅根說。她坐在樓梯上，打開一瓶天空藍的指甲油，技巧純熟又快速地塗起腳趾甲。「嘿，對了，你今年要來上我們班。好怪喔，跳了一級。」

「很多人都跳級啊！」潔西說。

「真的嗎？我從來沒遇過跳級的人。來，把你的腳趾甲塗成綠色的，這樣我們就很相配了。」

最後，潔西腳趾上的指甲油比腳趾甲上的還多。等她們擦完的時候，潔西已經把當天的計畫說明完畢：附加價值。

「你看！」她從短褲後面的口袋裡拿出《十大行銷術》小冊子。她翻到第二個點子，指了出來。

附加價值

是公司額外添加到產品上的東西

（比方說特殊功能或是誘人的包裝），讓產品在市場上更有優勢。

「那就表示，我們給客人額外的、他們沒料想到的東西，」潔西解釋，「我是說，任何人都可以回家調出檸檬水，對吧？如果我們希望他們向我們買，就必須給他們額外的東西。我們提供**附加價值**。」

「太好了，」梅根說，「我們要附加什麼？」

「嗯，洋芋片好嗎？也許再加蝴蝶捲餅。我們就在桌子上擺一盆，只要買檸檬水的人，就可以拿點免費的零食。」

「所以我們附加的價值是——零食。」

「對，只不過——」潔西為了讀媽媽的小冊子，昨天熬夜到很晚，「你知道我們真正附加的是什麼嗎？是開心。那是大家沒辦法單獨得到的。表面上**看起來**我們是在賣檸檬水加上零食，可是我們其實是在賣開心，大家都想要開心。」

「哇！」梅根說，「好聰明的想法。就像開派對一樣。誰不喜歡派對啊？」

潔西點點頭。她小心翼翼地把**附加價值**的定義從小冊子上撕下來，放進鎖盒裡。媽媽總是說：**有些點子就像存在銀行裡的錢**。

一個小時之後，她們都準備好了。檸檬水攤用彩帶和氣球重新做了裝飾。三大碗的零食（起司玉米棒、洋芋片、蝴蝶捲餅）就放在攤位上。潔西把梅根的音響一路拖到樓下，梅根要用自己收藏的CD，來做選放音樂的DJ工作。感覺就像熱烘烘的水泥人行道中央，莫名地冒出了一場派對。對路過的人來說，這個檸檬水攤正喊著：「快過來！在這邊可以玩得很開心！」

當音樂一開始播放，客人就漸漸走了過來。對街有位媽媽把灑水器放在前院，不久後社區裡的小孩們都來沖涼，穿過灑水器跑來跑去，順手抓起幾把起司玉米棒。兩位牽狗散步的婦人停下腳步吃零食，結果待了一個鐘頭。社區裡有三、四位媽媽在附近架起了休閒椅；孩子們奔跑沖涼的時候，她們就邊聊天邊吃蝴蝶捲餅。

可是潔西注意到一件奇怪的現象。雖然攤位周圍一直熱鬧滾滾，洋芋片消失的速度快到梅根差點來不及補貨。但她們卻沒賣出多少檸檬水。

「嘿，喬登，」有個四歲小男孩穿著泳褲跑過的時候，潔西說：「你不想買杯檸檬水嗎？」

喬登撲襲蝴蝶捲餅，抓起了一整把。「我已經喝太多了。四杯耶！」然後就跑走了。

「四杯？」潔西對梅根說，「他明明什麼都沒買！多倫太太，你不想來杯檸檬水嗎？」

「抱歉，潔西，我這次就跳過吧，」多倫太太說，「我已經喝了兩杯。而且我想要少喝一點含糖飲料。」

大家都在哪裡喝那麼多檸檬水？潔西納悶。她往馬路那頭望去。**喔，等等**。

「梅根，好好守住，」潔西說，「我馬上回來。」

「當然，」梅根邊說邊隨著音樂舞動，「這種檸檬水攤的點子實在太棒了！就像辦給整個社區參加的生日派對！」

潔西往馬路那頭走去，繞過轉彎處的時候，她心裡已有最壞的準備：伊凡的檸檬水攤擠滿了客人。可是，那裡什麼都沒有，空無一物，街角冷冷清清。

她越過街道，走進車庫。保冷箱還在那裡，髒兮兮的，裡面空空如也。四張塑膠椅都疊在一起，還有——等等，是**新的**招牌。

潔西拉出三大塊珍珠板，每塊板子背面各有一部分伊凡去年三年級做過的企鵝報告。前面則寫著大大的字：

放慢腳步！
市區最便宜的
檸檬水！
就在前面！

最低的價錢！
最新鮮的檸檬水！

你會不敢相信
自己的眼睛！
涼到心坎裡的
檸檬水！
一杯只要
10元！

潔西**不敢**相信自己的眼睛。一杯十元！真是瘋了！即使他們把九十六杯全都賣掉，也只賺到九百六十元。分成四份之後，每個男生只會拿到二百四十元。伊凡靠著那種收入，永遠也賺不到五千元的。

潔西走到地下室。伊凡和保羅正在玩桌上曲棍球，嗶咻！球餅飛進伊凡的球門，保羅高舉手臂比出勝利的V字形。

「喔，可惡！」伊凡說，「你快勝出了。」

「勝出？勝出？你在開我玩笑嗎？」保羅說。然後他壓低嗓子，變成粗啞的怒吼：「我比賽不是為了勝出。我比賽是為了**摧——毀**。」就像所有的男生都在談論警匪電影裡那個渾身肌肉的演員，保羅甚至學那個演員伸展收縮著肌肉——只是保羅身上沒有任何肌肉，至少潔西看不出來。

保羅看到潔西的時候，把手臂放下來。「嘿！」他說。伊凡的朋友裡，保羅是潔西最喜歡的一個。他總是會跟她開開玩笑，不過都沒有惡意。伊凡邀請她跟他們一起玩的時候，他從來都不介意。

「嘿，」潔西說，「你們在幹麼？」

伊凡把桌上曲棍球的電源關掉。「沒什麼，」他說，「我們正要出門。」

保羅把曲棍球的球板放在桌上，跟伊凡走進車庫。潔西跟在後頭。

「你們要去哪裡？」她問。

「到鐵軌那邊，」保羅邊說邊繫好安全帽。「我們今天早上放了幾個一元在軌道上，現在要去拿。狠狠壓扁！你想不想——」

「喂！」伊凡吼道。

「我錯了，」保羅咕噥，「所以，再見囉！」他對潔西說。

潔西很討厭被排擠的感覺，就好像沒人喜歡她那樣。伊凡以前從來沒給她這種感覺，即使有時候他**的確**只想和朋友在一起。他總會這樣說：「小潔，我們要去投籃，就我們兩個，可是等我們回來，我們會跟你玩丟球捉人遊戲。」這樣她就會知道，即使他沒有邀她一起去，他還是喜歡她的。

可是現在這種狀況就好像他很討厭她，好像他永遠再也不要跟她玩了，而且保羅還跟著配合。

潔西拉長了臉說：「所以，你們今天的檸檬水攤真的大賺一筆了？嗯？」她說。

「對，我們都賣光了。」伊凡說。

「那你們是賺到多少？三百元嗎？」她問。

「其實我們賺了一大堆錢。有多少？保羅？」

「二千元。」保羅說。

潔西的嘴巴垮了下來。二千元！「不可能，」她說，「一杯才賣十元是不可能的。」

「喔，只有小孩才付十元啦，」伊凡說，「大人給我們的錢比這多。『太便宜了吧！』他們說，『天氣這麼熱，你們還這麼賣力。來，收一百元吧！零錢不用找了。』超瘋狂的！」

「真不敢相信，」保羅說，「他們一直把錢推給我們，因為他們覺得我們實在太好心了，檸檬水才賣十元。所以我們海撈了一筆！」

第五個點子——潔西馬上想了起來。「那叫做**善意**，」她說得慢條斯理，想像媽媽小冊子裡印著定義的那一頁。

「就是你在生意上做了些好事，最後得到了金錢上的

善意

無形但可以辨認的資產，來自於製作或販售優良產品、與你的客戶和供應商建立良好的關係、在社區裡受到敬重推崇。

回報。」她嘆了一口氣。為什麼她之前沒想到？她回到檸檬水攤的時候，一定要記得把那個定義撕下來，放進她的鎖盒裡。

「嗯，隨便啦。反正我們賺翻了。」伊凡說。

「即使是這樣，」潔西拚命想找方法證明，伊凡賣檸檬水**沒有**那麼順利，「你有四個人擺攤。所以如果把二千元分成四份，每個人也只會拿到五百元。」

那還是比我今天會賺到的錢多得多，因為整個社區早已經灌飽了便宜的檸檬水。

「我們沒有要分帳，」伊凡說，「大家說我可以把錢全部留著。」

「對，」保羅說，「這樣做很值得！」

「不公平啦！」潔西說。

「當然公平，」伊凡跨上腳踏車離開時說，「怕你不曉得，提醒你一下，有**朋友**就是這樣。」伊凡越過街道。

「唉喲！」保羅說，「掰掰囉！小潔。」就跟著伊凡離開了。

拋下潔西一人站在車道上。

---

⑤「狂野熱門豆豆軟糖」（Wild Hot Jellybeans）和「我們討厭潔西」（We Hate Jessie）英文字首都是 WHJ。

7 地點很重要

地點

（location，名詞）

房地產用語，指的是房地產的位置，與房地產的價值息息相關。

伊凡有麻煩了。到目前為止，他賺了二千二百元，他這輩子從來沒這麼有錢。可是今天是星期五，只剩下三天了，三天之內要打敗潔西，他還要再賺進二千八百元左右，才可能贏得賭注。那就表示他每天必須賺到——

伊凡試著心算，二千八百表示有二十八個一百，二十八除以三，二十八要除以三……他的腦袋像陀螺似地旋轉不停，不知道要從哪裡算起。

他走到書桌，拉出一張紙（之前冬季籃球練習計畫）然後翻到背面。他在抽屜底層找到一枝短短的鉛筆，然後在紙上寫下：

$28 \div 3 =$

他盯著紙上的算式看了老半天。二十八這個數字太難了，他不曉得要怎麼處理才好。

「要是潔西就知道怎麼算了。」他邊嘀咕邊在紙上胡亂塗鴉。潔西知道怎麼做除法，她已經把乘法表背完。這種題目，潔西只要看一眼就可以心算出來，**易**

如反掌。

當伊凡在紙上畫出一朵黑黑的暴風雨雲，他感到自己的嘴巴緊繃起來、握住鉛筆的指頭太過用力。他的數學作業上面總是蓋滿了××，沒有人的××跟他一樣多，沒有人。

畫一張圖吧！德法奇歐太太的聲音在他的腦中飄盪。每當他遇到不知道要從哪裡解數學題目，她總是會提醒他畫個圖。**什麼樣的圖？**他在心中問道。得到的答案是：**任何圖都好。**

任何圖都好？對，任何圖都好，只要有二十八個就可以。

畫錢的符號好了。伊凡決定就畫錢的符號。

他開始畫出三排錢的符號。

「一、二、三。」他邊畫邊數，「四、五、六。」他繼續畫著。

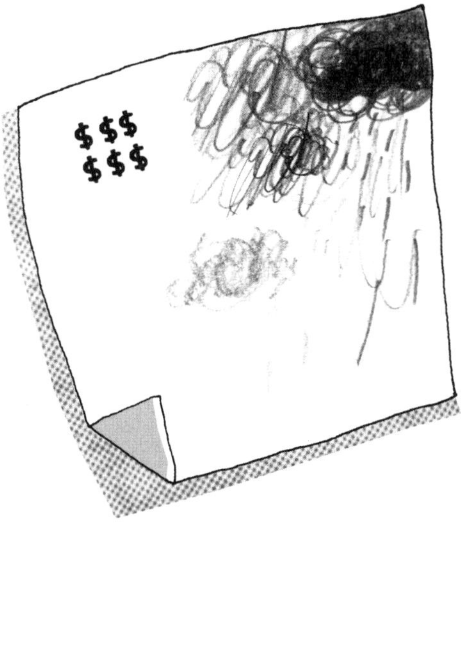

等他畫到二十八個的時候，看起來就像這樣：

每一行有九個錢的符號，然後多出了一個符號，伊凡把那一個額外的符號圈了起來。

九個錢的符號，有一個多出來。伊凡盯著這張圖看了好久好久，然後在第一排旁邊寫下「星期五」，第二排旁邊寫下「星期六」，最後，在第三排旁邊寫下

「星期天」。

星期五 $ $ $ $ $ $ $ $ $ ($)

星期六 $ $ $ $ $ $ $ $ $

星期天 $ $ $ $ $ $ $ $ $

伊凡看著這張圖，事情開始明朗了。每個「$」的符號代表一百元，星期五、星期六和星期天，他每天都必須賺進九百元，而且在這三天內，還必須多賺**額外**的一百元，這樣到了星期天晚上才可能賺到二千八百元。

伊凡感覺心撲通跳了一下。他辦到了！他把二十八除以三算出來了。那是**四年級**的題目，那是**四年級程度**的數學，而他連四年級都還沒開始讀！而且是在沒人幫他的情況下完成的。媽媽、外婆和潔西都沒有幫忙，是他靠自己算出來的。就好像在兩次延長賽裡投進了最後致勝的一球！從檸檬水戰爭開打以來，他從沒感覺這麼好過。

可是一天九百元？他要怎樣才辦得到？昨天他賺了二千元，可是那是因為他有朋友（加上免費的貨源）的幫忙。他們不會想要每天都經營檸檬水攤的，尤其是在暑假的最後幾天。

他需要計畫一下，保證有銷售佳績的計畫。天氣會繼續熱下去，那是一定的。今天氣溫會飆到三十五度，熱到爆了，大家一定會很渴。伊凡闔上雙眼，想像一群口渴的人對著他揮舞一百元紙鈔。現在，他要到哪裡去找一堆有錢可花又口渴的人呢？

伊凡的腦中蹦出了點子。對了！太完美了。只要有個附輪子的東西，他就能把檸檬水推到那裡去賣。

伊凡花了半小時把滿載的四輪拖車拉到市中心——這段路程他平常騎腳踏車不到五分鐘。可是他一旦抵達了，就知道很值得。

那時是午休時間，放眼望去都是人。在熱氣當中，人們懶洋洋地癱在市中心綠地有遮蔭的板凳上。附近商店的員工有半小時的午休時間，也有媽媽帶著小朋友出來，還有不想整天窩在家裡的老人家。踩著滑板的高中生咻咻溜過，一些小小孩在如真人般大小的雕像上爬來爬去，那座雕像是幾個小孩手牽手邊唱歌邊轉圈遊戲。小狗們躺在樹下，舌頭伸出來喘氣。

伊凡環顧四周景象，挑中了一個地點，就在小徑交會的綠地中央。只要越過綠地的人，就會經過他的攤位。在這樣的大熱天裡，誰能抵擋檸檬水的誘惑？

他先把拖車推到一旁，停在巨大的杜鵑樹下，然後越過街道，走進北斗星便利店。

店裡冷氣吹起來真舒服，就像浸在一大桶剛融化的冰淇淋裡，嗯……而且有好幾種氣味，混合了香草、巧克力、椰子、焦糖和泡泡糖。他看著一桶桶的冰淇淋排成一排，在玻璃後面被小心保護著。他口袋裡的錢叮噹作響，他用昨天賺的錢買了冰凍檸檬濃縮汁後，還剩下不少錢。買一根甜筒或一杯奶昔或兩種都買，又有什麼關係？

「有什麼可以為你服務的嗎？」櫃臺後面的婦人說。

「呃，嗯……」伊凡說。他把手伸進口袋摸錢，攪亂了紙鈔和硬幣。錢就是要拿來花的，為什麼不乾脆花一點點？

「我，呃……」伊凡可以想像冰淇淋滑下熱燙的喉嚨時會有多棒，香濃、甜美、冰涼可口，彷彿散發金光一般。他盯著一桶桶漩渦形的冰淇淋，任由自己的思緒飄遊。

一陣笑聲匆匆將他拉回現實世界。他環顧四周，原來是噴泉那邊的幾個女生，可是剛剛**聽起來**就像梅根·莫里亞堤。

「請問一杯檸檬水要多少錢？」

「一百五十元。」婦人說。

「真的嗎？」伊凡說，「要那麼多錢？有多大杯呢？」

婦人從一疊塑膠杯中抽出一個杯子，舉得高高的。沒比伊凡拖車裡放的那種八盎司杯子大多少。

「哇！滿貴的呢！」伊凡說，「嗯，還是謝謝。」他開始走向店門口。

「嘿，」婦人指著冰淇淋櫃說，「我可以給你免費試吃一種喔！」

「真的嗎？」伊凡說，「那麼，呃，我可以試吃草莓口味的嗎？」婦人把一根小小的塑膠湯匙遞給他，上頭有舔三次分量的粉紅色冰淇淋。伊凡一大口就把它整個吞掉了，啊！回到戶外後，他開始上工。他先到公共飲水機那裡裝滿一大壺水，然後把檸檬濃縮汁倒進去攪拌。接著他掏出一枝大大的藍色麥克筆，在一張紙上寫著：「每杯一百元。市區最優惠的價錢。」

他還沒把攤子打點好，就有顧客開始排隊了，而且還絡繹不絕。整整一小時，他都忙著倒檸檬水。**全世界的人都好渴啊**，他快要倒光當天的第四壺時，心裡想著：**我是檸檬水大王**。

（事後，伊凡想起外婆說過的話：「驕者必敗。」）

伊凡一抬頭就看到肯恩警官雙手叉腰，向下俯視他。肯恩警官的腰帶上繫著槍套，伊凡盯著槍套裡的大手槍，用力吞了吞口水。

「哈囉！」肯恩警官說，臉上毫無笑意。

「嗨！」伊凡說。肯恩警官每年都會到伊凡的學校舉辦腳踏車短期講座。去年秋天，學校操場上出現一隻受傷的鵝，也是他過來幫忙。肯恩警官永遠面帶笑容，可是，**他現在為什麼不笑了？**伊凡納悶。

「你有許可證嗎？」肯恩警官問。他的嗓音非常低沉，即使靜靜講話的時候也是，就像他現在這樣。

「你是說，腳踏車的許可證嗎？」腳踏車講座的重點就是這個。三年級生如果通過測試，就可以得到腳踏車許可證，那就表示他們可以騎腳踏車去上學。

「不。我指的是在公共空間販賣食物和飲料的許可證。你必須拿到市政府的

許可證，而且還要為了這項特別待遇，繳交一筆費用。」

為了經營檸檬水攤要先付錢給市政府？他在開玩笑嗎？伊凡盯著肯恩警官的臉。他看起來不像在說笑。

「我不知道必須要有許可證。」伊凡說。

「抱歉，朋友，」肯恩警官說，「我必須要求你停業。法律的規定。」

「可是……可是……市區到處都有檸檬水攤啊！」伊凡說。他想到潔西和梅根的檸檬水攤。他在一個多小時以前推著拖車經過的時候，她們的攤子被一堆小孩包圍，看起來就像蜂窩。他看到她們攤子上方的招牌：**免費臉部彩繪、塗指甲油、編頭髮！**真會耍噱頭！可是效果似乎滿好的。「你知道嗎？」伊凡說，「現在在達蒙路上就有一攤。你應該去抓她們。」

肯恩警官露出笑容。「如果是在住宅區，我們通常會睜一隻眼閉一隻眼。可是在這裡，市中心綠地，我們必須嚴格執法。要不然，每隔兩公尺就會有人在賣東西。」

「可是——」一定有什麼辦法可以說服肯恩警官。伊凡要怎樣才能讓他明白？「那個，我有一個妹妹。我們正在……正在……比賽，要看看誰能賣出最多的檸檬水。我一**定要**贏。因為她……」他無法解釋剩下的部分，關於四年級，關於他和妹妹同班會有多糗，如何讓他覺得自己像是大輸家。

伊凡仰頭望著肯恩警官，肯恩警官低頭俯視伊凡。肯恩警官的樣子好像戴著面具，一種**面無笑容、別跟我稱兄道弟**的面具。

肯恩警官搖搖頭，浮現笑容，卸除了那張面具。「我自己也有個妹妹，」他說，「我愛死她了，不過那是**現在**。我們還小的時候啊——」肯恩警官大大吸了一口氣，再次搖搖頭。「呼——」

接著那張面具回歸原位，肯恩警官表情嚴厲地盯著伊凡，前後總共十秒鐘。

「這樣好了，」肯恩說，「我**真的**必須要你停業。法律就是法律。可是在我要你停業以前，我先向你買最後一杯檸檬水。這樣如何？」

伊凡的臉色一沉。「當然好。」他說話的語氣很沒勁。他倒了特別大杯遞給了警察。

肯恩警官把手伸進口袋，給伊凡一張五百元鈔票。「不用找了，」他說，「獻給大哥哥基金會。現在把你的東西收拾乾淨吧，不要留下任何垃圾。」他一邊走開一邊舉杯比出乾杯的手勢。

伊凡看著他離開。**哇！**他想，**我剛剛賣掉市區最貴的一杯檸檬水耶！**

伊凡瞪著手裡的五百元鈔票。

真有趣！幾天前，手裡能有這筆錢，就會讓他覺得自己和國王一樣富有了，多到可以跟朋友一起各買兩片披薩和一罐汽水了，多到可以租影片到某人家熬夜欣賞，多到可以買一整袋他最愛的綜合糖果。

要是在兩天前，他會歡天喜地跳起來。

現在他看著五百元，心想：**這不算什麼**。比起他為了打贏戰爭而必須擁有的五千元來說，五百元**不算什麼**。不知為何，他覺得自己有什麼被剝奪了——也許是他原本應該感覺得到的快樂吧！

他把攤子上的東西全收進拖車，確定自己沒留下一丁點垃圾。有個大壺裡還剩一杯檸檬水，更不用說早就調好但還沒賣的另外一整壺了，於是在漫長炎熱的拖行返家之旅啟程以前，他替自己斟上滿滿一杯，在有遮蔭的板凳上找到空位，把賺到的錢從口袋裡掏出來。

他數了一次，再數第二次，慢條斯理地數算。

他賺了三千六百元。杯子和檸檬濃縮汁花了七百元。他把星期三和星期四的收入加進去之後，總共有五千一百元。

現在已經夠了，他想。

8 拓展全球市場

全球化

（global，形容詞）

遍布全世界；指的是市場拓展到產品生產區以外。

星期六早晨，潔西賴了床，即使當她睜開眼睛已經九點五分了，她還是覺得好累。**睡醒怎麼會這麼累啊？**她一面納悶一面把臉埋進枕頭，然後打起盹來。

五分鐘過後，她真的清醒了，開始回想自己為什麼這麼累。昨天的檸檬水攤是她這輩子工作得最辛苦的一次。彩繪臉、編織頭髮、塗指甲油——原本是很棒的點子，而且潔西很確定社區的每個小孩都來排隊買檸檬水了。

可是那正是問題所在。每個小孩**的確**都來排隊買檸檬水了，然後要求臉部彩繪，**加上**頭髮編織，**還有**為手指和腳趾塗指甲油。有個男生要求兩邊臉頰、兩條手臂和肚皮都要彩繪，還有個女生苦苦哀求要把頭髮編成許多小辮子，並編入緞帶，而且還要塗指甲油！他們都想要不同的色彩和花樣，而且根本沒辦法要大家乖乖坐到指甲油乾掉為止。

「我們的檸檬水快沒有了。」梅根中午的時候跟潔西說，那時大家一路排到了街頭。

「倒半杯就好，不要一整杯，」潔西竊竊私語，「要撐下去才行。」

最後，潔西和梅根各賺了一千六百元，可是整整工作了八個小時。那天結束的時候，她們都同意：這個點子不錯，但**不值得！**

早餐過後，潔西拿出鎖盒，坐在床上。她把盒子藏在衣櫃裡的橫架上，壓在幾件毛衣下面，然後把鑰匙藏在抽屜裡的塑膠盒裡，塑膠盒偽裝得很像一包口香糖。永遠不會有人知道裡面其實是空的，而且側面有個祕密隔板。

潔西把鎖打開，掀開蓋子，把那三張撕下來的紙片拿出來。一張是「**附加價值**」，一張是「**善意**」，還有一張新的，是潔西昨天晚上放進來的「**利潤率**」。

潔西在床上把那三張紙排出來，她不確定自己為何要把這些字眼存起來，但就是覺得它們屬於她的鎖盒。

接著，她把賣檸檬水的收入拿出來。每天，梅根都因為她們賺了好多錢而興奮尖叫。可是每天，潔西都知道：**就是不夠。要贏的話，是**

利潤率

銷售營收扣除所有的成本，再除以銷售量，結果會獲得一個比率。

例如：你花了三百元製作一百頂帽子，賣掉帽子之後得到五百元。

那麼利潤率就是：

$$\frac{500-300}{100} = \frac{2}{1}$$

不夠的。

潔西算了一下錢，到目前為止，她賺了二千二百元。這是一大筆錢，可是離目標還差很遠，她還需要再賺二千八百元。今天是星期六了，販賣的時間只剩兩天，然後她和伊凡就要在星期天晚上結算各自的營收。她要怎樣才能在兩天之內，賣出足夠的檸檬水，賺足二千八百元呢？

她辦不到，這就是問題所在。沒有小孩能在五天之內，靠著賣檸檬水賺五千元的。**利潤率**太小了，因為她昨天晚上用計算機算過了。

數字說明了一切。兩個女生不可能在社區裡賣出二百杯的檸檬水。不管天氣有多熱，沒有人想喝**那麼多**的檸檬水。

潔西看了看鎖盒裡的錢，還有書桌上那張計算紙。別的小孩走到這個地步可能就會宣告放棄，可是潔西不是輕言放棄的人。（狀況好的話，潔西的媽媽會說她**堅持不懈**；狀況不好的話，媽媽會對她說，她**就是不懂什麼時候夠了**。）

潔西伸手去拿床頭桌上的《十大行銷術》小冊子，就在《夏綠蒂的網》旁邊，但手卻在故事書上方流連不去，因為她渴望看韋伯和芬兒，他們正望著掛在一條蜘蛛絲上的夏綠蒂。

每 1 罐檸檬汁（8 杯）的利潤率：

銷售：

8 杯 @ 50 元／杯＝（8×50）＝400 元

成本：

檸檬水成本＝100 元

8 個紙杯的成本＝76 元

總成本＝176 元

銷售量：

8 杯＝8 個銷售量

利潤率 $= \dfrac{\$400-\$176}{8} = \dfrac{\$224}{8} = \dfrac{28}{1}$

所以這就表示，每賣掉 1 杯檸檬水，就賺到 28 元左右。我和梅根各得到一半利潤，那就表示每賣掉一杯，我就賺到 14 元左右。

我必須賺到 2800 元，才能打敗伊凡。

所以 2800 有多少個 14？

2800÷14＝我必須賣出多少杯檸檬水＝200 杯

我必須賣出 200 杯的檸檬水！我**死定了**！！

可是這是戰爭，她不能為了讀閒書而停下來。

她抓起小冊子，翻到第六個點子。

一個小時之後，她將一張新紙片塞進鎖盒裡，書桌上則放著一張重新計算過的紙。或許可以成功，**可能會**成功。可是她和梅根必須冒一切的風險——她們過去三天所賺到的一**切**。潔西需鼓起這輩子最大的勇氣。

潔西帶著她的鎖盒和計算結果下樓。她走進廚房，拿出學校通訊錄，查看去年所有三年級女生的姓名。全部她都認得——透過伊凡、下課玩耍、學校餐廳認識的。她知道她們是誰、她們的長相；知道哪些人不錯、哪些人不大好。可是她不算**真正**認識她們，沒有熟到可以打電話過去說：「今天想做點什麼嗎？」也沒有熟到可以問：「你想跟我一起擺檸檬水攤嗎？」

這些女生就快變成她的同學了，想到這，潔西覺得臉熱了起來，上脣開始冒汗。開學第一天走進教室，那些眼睛全都望著她的時候，會是什麼感覺呢？她們會一直盯著她不放嗎？她們會捉弄她嗎？即使她打招呼說嗨，她們會不會不甩她？

潔西看著那些名字，然後猛力闔上通訊錄。她辦不到，她的勇氣就是不夠。

伊凡走進廚房，從水果盆裡抓起蘋果。果蠅像一團雲朵似地升空，然後停下。伊凡檢查一下蘋果之後就咬了下去，洗都沒洗。潔西想說點什麼，但是憋住了。她看著他，心裡暗想，**不跟伊凡說話這件事，她永遠不可能覺得正常。**

「嘿！」她說。

伊凡向她舉起蘋果，表示嘴巴塞得太滿而無法說話。

「所以，保羅今天會過來嗎？」她問。

伊凡搖搖頭，大聲咀嚼著。

「那，會有人過來嗎？」潔西很好奇，想知道敵軍今天有何打算。昨天，伊凡的笑容已經對她透露出：他賣了很多檸檬水，**很多**。可是，他今天打算做什麼呢？

伊凡聳聳肩。他用力吞嚥，彷彿要把整艘遠洋輪船硬吞下去似的。

「可是你**會**擺攤子，對吧？」潔西問。

「不會。我沒問題了，」伊凡邊說邊細細端詳自己的蘋果，「我今天要好好放鬆一下。」然後咬了超大一口，踏出廚房，走下地下室階梯。

好好放鬆一下？他怎麼可以好好放鬆？戰爭打得如火如荼，是沒有放鬆這回事的。

除非，

除非他已經勝券在握。

怎麼可能？

不可能啊！

伊凡不可能才賣三天檸檬水，就賺到五千元。**絕對不可能**！

潔西的心思像海灘上的長腳鳥兒一樣匆匆飛掠。他賺到了嗎？有可能嗎？難道她算錯了嗎？會不會有其他方法？她會不會忽略了什麼細節？錯過了什麼訣竅？她漏掉什麼了嗎？

潔西把學校通訊錄打開。也許他有五千元了，也許沒有。她不可以冒險，她開始在可能願意配合的女生名字旁邊，用鉛筆打勾。

門鈴響起的時候，她已經把那份名單看過兩遍。是梅根來了。

「我有個新點子。」潔西說。

「喔，不要再賣檸檬水了啦！」陷在客廳沙發裡的梅根說，「檸檬水我已經賣到煩了。天氣太熱了！昨天彩繪那些臉，我都差點要中暑了。」

「那種事情我們不做了，」潔西說，「沒有額外的服務了，因為很不划算。可是我有個點子——」

「把檸檬水攤忘掉吧！我們去便利商店啦！」梅根說，「伊凡在家嗎？我們可以一起去。」

「不，他不在家。」潔西邊說邊瞄地下室的門。她需要梅根一起進行她的計畫，她需要梅根幫忙打那些電話。「來，這個計畫很棒的。**我們**不用親自去賣檸檬水喔！」

潔西鉅細靡遺地講解，並拿出那張新紙片給梅根看。接著她把那張計算紙的內容拿給梅根看。一開始梅根把頭埋在枕頭底下，然後像烏龜一樣探出頭來，開始認真傾聽。

「這個計畫聽起來不錯耶，」她說，「可是真的可行嗎？」

潔西看看自己的計算，她已前後算過兩次。「應該

加盟

在某個地區內，販賣某家公司產品、使用其名稱和商標的權利。

吧，」她說，「我真的覺得可以。」她皺起眉頭，突然沒那麼有把握了。「要預先投入一大筆資金，還要把每個人組織起來，這要花很多功夫。可是一旦安排好了，我們就應該可以坐著等錢滾進來。重點就是要讓大家分散開來，這樣就會有很多客人。我們需要至少十個女生，十五個更好。」

「那就等於是整個四年級了，」梅根一臉懷疑地說，「我們要怎麼做，她們才會願意配合？」

「嗯，你可以打電話給她們，」潔西說著，就把學校通訊錄翻到三年級那頁，遞給了梅根。

「我？」梅根說，「為什麼是我？」

「因為她們認識你啊！」潔西說。

「她們也認識你。」

「對，可是她們**喜歡**你。」

梅根搖搖頭。「不是所有的女生都算是我的朋友。」

「即使不是你朋友的那幾個，她們還是喜歡你。**大家**都喜歡你，梅根。」

梅根一臉難為情。「喔，大家也喜歡你啊！」她說。

「才怪，她們才不呢！」潔西說，「她們真的不喜歡我。」兩個女生陷入一陣不自在的沉默。然後潔西聳了聳肩說：「我不知道去年班上的女生為什麼不喜歡我，希望今年的狀況會好一點。」

梅根用手指輕敲膝蓋，「你緊張嗎？嗯？緊張四年級的事？」她問。

潔西用力想了想。「我擔心會交不到新朋友，」她說，「所有人都會覺得我只是個小不點二年級，而且會覺得——」她深吸一口氣，「我不屬於他們。」

梅根仰頭盯著天花板片刻。「你有紙卡嗎？」她問。

「啊？」

「我需要一張紙卡，」梅根說，「你有嗎？」

潔西走到廚房餐桌那裡拿了一張紙卡遞給梅根。梅根開始在紙卡上寫字。

「你在幹麼？」潔西問。

「我在寫評語卡，」梅根說，「那是你會錯過的三年級活動，我們每個星期五都會做。每個人會分配到某個人，你必須在紙卡上寫出那個人的優點，然後會被大聲唸出來。」她折起紙卡遞給潔西。

潔西把紙卡攤開，讀了梅根寫的內容。

潔西盯著那張紙卡，反覆讀著那些話。「謝謝。」她低聲說。

「你可以留著，」梅根說，「我以前就是那樣做，把我得到的評語卡全部放在書桌上的籃子裡。只要覺得難過或心情不好，我就會把它們全部讀一遍。它們真的可以讓我覺得比較好過。」

潔西折起紙卡放進鎖盒裡，她要把它永遠保存起來，就像擁有一個魔力護身符一樣。

「不然，我打一半的電話，你打另一半，這樣好嗎？」潔西說。

「好啊！」梅根說著便從沙發上跳起來。

沒想到，就快升上四年級的女生，有好多人在開學前三天，竟然都沒事可做，所以不到一個小時，就有十家檸檬水「加盟店」願意在今天加入。

雖然這天的其餘時間都要忙著工作，可是充滿樂

你這個人真的很好，隨時都有好點子。

跟你在一起很有趣，

我很高興你是我的朋友。

趣。潔西和梅根把舊的娃娃車連接到梅根的腳踏車上，然後騎到雜貨店，把她們之前賺的錢都花在買檸檬濃縮汁上，總共四十罐。其實她們買光了整家店的存貨，四大袋的罐子像是個頭好壯壯的嬰兒塞滿了整個娃娃車，還買了五包紙杯。

回到梅根家的時候，潔西把收據塞進鎖盒裡，就在她的評語卡旁邊。潔西喜歡收據，它們很精確又很完整。收據會把整個情況交代清楚，細到最後一分錢都是。

沙立斯貝里農場

芳鄰雜貨店中央大道 232 號

09/01/13　　11：42AM

分店　二十三號	交易　246
工作區系統 5002	收銀台　KD68VW
收銀員姓名	詹姆斯
庫存單位身份	希亞．詹姆斯
電話	800-555-1275
好滋味檸檬汁	
（40@100）	4000
小妖精牌紙杯	
（5@76）	380
小計	4380
稅	20
含稅總計	4400
現金	4400
收現找零	0

貨品販售數量：45

快來沙立斯貝里農場購買開學用品。

勞動節快樂！

接著她們就把厚紙板和美術用品丟進娃娃車，開始四處巡視。

第一站是莎莉．奈特的家。她已經準備好桌子、椅子和空壺了。潔西調好檸檬水，梅根快速做出「賣檸檬水——四十八元一杯」的招牌，然後留莎莉自己經營。他們的協議是，莎莉可以保留三分之一的利潤，其餘歸潔西和梅根。

她們把十個檸檬水攤全都擺設好之後，每攤都有足夠的濃縮汁可以調出四大壺檸檬水，潔西和梅根就待在梅根家裡，烤布朗尼、看電視，然後再跳上腳踏車四處巡視。

她們先到莎莉家前面，卻不見檸檬水攤。

「你覺得是怎麼回事？」梅根問。潔西的胃裡有種不祥的感覺，一定出了什麼差錯。

她們按了門鈴後，莎莉來到門口。

「快！」她邊說邊抓住她們的手臂，把她們拖進屋裡，「只要開冷氣、門又打開，我媽就會超抓狂。」

「你的攤位呢？」潔西緊張地問，因為突然涼爽起來，感覺雞皮疙瘩沿著手臂竄了上來。

莎莉揮了揮手。「結束啦，」她說，「我在……嗯……半小時之內就賣光囉！

天氣熱爆了！我們賺了一千五百三十六元，包含小費。我可以留下小費嗎？」

「當然可以。」潔西說。小費！她忘了在計算紙上寫下小費的事。莎莉把一些皺皺的紙鈔和一大堆零錢遞給潔西：潔西和梅根**各得**五百一十二元。

「你們想留下來吃點冰淇淋嗎？」

「好啊，」梅根說，「我們帶了布朗尼要答謝你。你知道的，為了謝謝你參加我們的團隊。」那是第九個點子。

吃完冰淇淋之後，潔西和梅根就出發了。每個女生家的情況都一樣，檸檬水很快就賣完了，錢一直源源不絕滾進來。

「我真不敢相信我們賺錢了！我們賺了多少錢？」回到梅根家的時候，梅根興奮地說。

「我們每人有五千一百二十元。**每個人！**」潔西大喊，雙腳不停地交互蹦跳。

「我這輩子從來沒看過這麼多錢！」

潔西老早就在腦中計算了。扣掉買檸檬汁和杯子的四千四百元，每人得到二千九百二十元的利潤。如果她們把加盟從十家增加到二十家，一天之內，她們每個人就能賺進五千八百四十元！潔西抽出一張紙，匆匆畫了一張圖表。

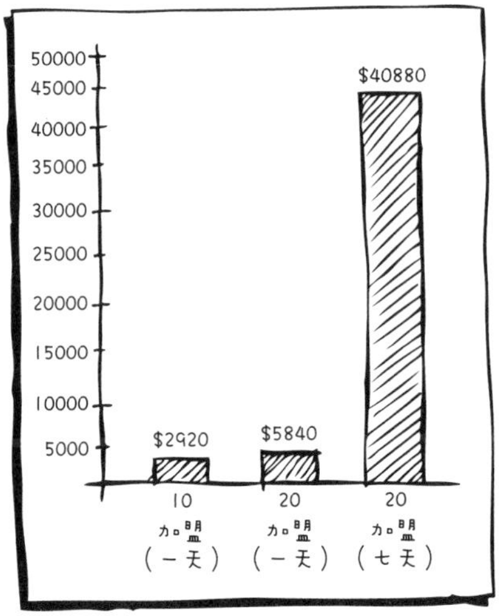

真是無限可能啊！

潔西拿圖表給梅根看的時候，梅根裝出快昏倒的樣子。「這筆錢你要拿來幹麼？」她問道。

打贏這場戰爭！潔西心想。糟糕！她不能跟梅根說**那件事**，梅根根本不曉得有檸檬水戰爭。說到底，梅根是**喜歡**伊凡的。

潔西突然納悶，**如果梅根知道這場戰爭，她會站在誰那邊呢？**

冷不防地，潔西覺得伊凡就好像老鷹，在天空盤旋不已，等著俯衝下來把梅根抓走。喔，她好氣他啊！如果他輸掉一**切**，是他活該。

五千一百二十元就能夠贏嗎？潔西忖度。伊凡不可能賺得比這筆錢還多吧？不過，小心一點總是比較好。明天星期天，她可以一整天賣檸檬水。

「所以，」梅根說，「這筆錢你要拿來幹麼？」她踢掉布鞋，用雜誌搧風。

潔西說：「我要把所有的錢捐給動物救援聯盟。」

梅根停止搧風，說：「喔，你人**好好**喔！我也想把我的錢捐出來。」她丟下雜誌，開始把自己的錢拿給潔西。「喏，把我的也捐給動物救援聯盟吧！就在捐獻卡上寫上我們兩個的名字。」

錢很快速地遞到潔西的手上，讓她不知道該說什麼。就這樣，一萬零二百四十元，一萬零二百四十元耶！全部都在她的手中。

她贏了！她千真萬確地贏了這場檸檬水戰爭。

「只要答應我一件事，」梅根說，「明天不要擺檸檬水攤了！可以嗎？」

「可——以。」潔西說。如果她今天就有一萬零二百四十元，星期天就不需要擺檸檬水攤了！

「我爸說明天是熱浪結束前的最後一天，」梅根說，「我們要整天待在海灘。想一起來嗎？」

「好啊！」潔西說。

「也許伊凡也想一起來？」梅根說。

潔西搖搖頭。「不行。伊凡明天一整天都很忙，他跟我說過他有事情。」

梅根聳聳肩。「錯過是他的遺憾。」

「對啊，」潔西說，一面想著那堆錢，「是他的遺憾。」

9 協商

協商

（negotiation，名詞）

一種討價還價的方法，好讓彼此看法達成一致。

潔西從前門走進來的時候，伊凡從正在搭建的彈珠軌道抬起頭來。她看起來很熱，一副汗流浹背的樣子，而且看起來……滿開心的，真的很開心，好像剛剛得到A⁺的成績，或者說，好像……好像剛打贏了一場戰爭。

「你為什麼笑嘻嘻的？」伊凡說，他握住一顆彈珠放在軌道頂端。

「沒為什麼。」潔西雙手叉腰盯著伊凡，看起來就像那種傻兮兮的卡通主角——嘴巴笑得大大的。

「別再盯著我看了啦！讓人很毛耶！你看起來好像快爆炸還是什麼的。」伊凡讓彈珠掉進漏斗，高速衝過軌道，在轉彎的地方加速，路過飛輪，讓旗子旋轉不停，然後掉入最後的陡坡，抵達軌道盡頭的時候，就像是一隻美麗的銀色小鳥飛越空中。

沒進！

彈珠掉到地上，沒掉進靶心的杯子。

伊凡壓低嗓子嘀咕，調整杯子的位置。

「調高軌道的尾端，」潔西說，「可以讓彈珠更往上走。」

伊凡氣呼呼地看著她，之前十次彈珠都乖乖掉進了杯子裡。為什麼**她**在看的這一次，就偏偏進不了？「不用你教我該怎麼做。」他說。她為什麼笑成那樣？「我又沒有要教你怎麼做，」她說，「我只是提議一下而已。要不要接受隨你。」然後轉身要上樓。「壞脾氣芬克。」她回頭拋下這句話。

伊凡朝著她消失的背影丟出一顆彈珠，但是丟偏得很遠。哼！他本來就不打算對準，他只是想要丟東西。過去四天，他一直有種需要丟東西發洩的感受。

壞脾氣芬克。那是他六歲、潔西快五歲時，他亂編出來的人物名字。那時候媽和爸常常吵架，伊凡和潔西不得不出門避避風頭。他們會手腳並用地爬上樹，各占據一個枝頭，等到爸媽爭吵結束為止，可是有時候他們必須等好久。有一次，潔西很渴，不耐煩又暴躁，伊凡就說：「你如果安靜下來，我就跟你講壞脾氣芬克的故事。」

壞脾氣芬克是個暴躁、卑鄙、讓大家都不好過的男人，可是他的內心深處其實很希望大家都愛他。只是他每次試著要做點好事時，最後都會出差錯。伊凡在那棵樹上編了一堆芬克的故事，可是自從爸爸離開之後，他就沒有再繼續了。

除了伊凡和潔西，全世界沒人知道壞脾氣芬克的事。而且伊凡自己也有好多年沒想到他了。

「嘿！」他語氣尖銳地說。他聽到潔西在樓梯頂端停下腳步，可是沒有走下來。

「這整件事情，你要不要喊停？」他問。

「什麼？」她吼道。

「就是這場……這場檸檬水戰爭啊！」他說。

「喊停？」

「對啊，」他說，「就當作沒人贏也沒人輸吧。」

潔西走下階梯，叉起手臂。

伊凡瞅著她。

他很想念她。

他單獨過了一整天——開學前的倒數第三天。真的很爛！爛透了！如果潔西在他身邊，如果他們這陣子沒吵架，就可以一起玩桌上曲棍球、做蝴蝶脆餅，或是用兩倍多的東西來打造彈珠軌道，這樣每次發射彈珠就能百發百中，落入靶心的杯子。潔西都抓得很精準，很會把彈珠弄進杯子裡。

「你覺得怎麼樣？」他問。

潔西滿臉困惑。「我不知道耶……」她皺著眉頭說，「那個，梅根，嗯，她……」

伊凡覺得臉發燙了起來。梅根．莫里亞提，每次只要想到她，他的喉嚨就會緊縮、發癢，感覺就像不小心吃到蝦子而過敏。

「你把**所有的事情**都跟梅根．莫里亞提講了嗎？」他問，覺得渾身發癢。

「沒有。嗯……什麼『所有的事情』？」潔西問。伊凡覺得她看起來像是被網子逮到的魚。

「所以你說了。」伊凡突然知道潔西為什麼進門後，臉上就一直掛著笑容，還有這場戰爭她為什麼不想喊停了。她已經說了，又來了，她又想要讓全世界的人看他有多笨。就像他在拼字小考得到滿分的那次——那是他把每個字都寫對的唯一一次，卻發現潔西同時贏得了州立的詩歌競賽。當時他連向媽媽報喜都沒有，就直接把考卷丟進了垃圾桶。因為這還有什麼意義呢？

伊凡不知道潔西是怎麼辦到的，但她就是可以找到賺進超過五千一百元的方法。潔西會打敗他的，而梅根．莫里亞提全都知道，她會跟每個人說，最後所有的女生都會知道。保羅會知道，還有萊恩、亞當和傑克也會知道。

史考特．斯賓塞也會知道。**你敢相信嗎？他竟然輸給他的妹妹，就是要來我們班的那個。真遜！**

「你知道嗎？」他說，然後用力擠過她身邊，「算了！忘了我剛說的事。戰爭還沒結束，還在進行，準備受死吧！」

10 蓄意毀損

蓄意毀損（malicious mischief，名詞）故意破壞他人事業資產的行為。

潔西困惑極了。伊凡比之前更氣她了，而她卻搞不清楚原因何在。當他說：「這整件事情你要不要喊停？」她想說：「當然好，我們取消這場戰爭吧！」或**類似**的話。那是她本來想講的、一**直想**講的。

可是她**實際**說了什麼？她提到了梅根。喔！她差點洩漏了梅根給她五千一百二十元的事。幸好她沒說出口！她把嘴巴閉得緊緊的，時間抓得剛剛好；想起這件事，潔西臉上就泛起了笑容。

那麼伊凡為什麼有那種反應？他到底怎麼搞的？

潔西躺在床上。這個世界真是讓人充滿疑惑，她需要伊凡幫她弄懂。如果四年級都會像這樣，那她乾脆現在就放棄好了。

還有另一件事情讓她很困擾。一萬零兩百四十元——**其實**不是都屬於她。梅根把自己的那份交給她，是為了捐獻出去。她把錢交給潔西，與伊凡的朋友把自己的錢送給他，兩種狀況並不一樣。（她想到這點，還是好氣。喔，他竟然說她沒有朋友！她一直很想報復！）所以，即使她的鎖盒裡看似有一萬零兩百四十元，老實說，只有一半是屬於她的。

不過，如果情況緊急，為了要贏，潔西會把所有的錢都用上。

當然了，她會全部用上去！這是戰爭耶！

可是，如果她假裝所有的錢都是她的——**嘿，萬一伊凡的錢更多呢？**

所以如果她輸了，連梅根的錢**也會跟著**——

被吞掉！

潔西原本沒想到，即使有一萬零兩百四十元，如果她輸了……如果她輸了的話，**喔！我的天！贏家全拿**。梅根的錢全部都會輸給伊凡。潔西到時要怎麼跟朋友交代？**那個，我拿了你賺來要捐給救援動物的錢，全部輸給我哥了，他準備去買一台 iPod**。梅根一定會很討厭她，梅根的朋友也會跟著討厭她，而伊凡本來就討厭她了。完了，再見了，四年級。

她不能用梅根的錢來贏得賭注，太冒險了。可是她有辦法靠自己的錢打贏這場仗嗎？

絕望的感覺從潔西的喉嚨升起。伊凡有多少錢？她必須查個清楚。

潔西躡手躡腳上樓到閣樓辦公室，在門外聽到媽媽正在講電話。接著潔西又悄悄溜下樓，伊凡正在客廳看電視。她像一陣風一樣飄回到樓上，潛進伊凡的房間。

崔斯基家有條嚴格的規定：要是沒有**明確的邀請**，誰都不能進別人的房間，那就是條件。也就是說，潔西必須說：「伊凡，我可不可以進你房間？」在她把腳趾頭探過邊界之前，伊凡必須先說：「可以。」

所以即使伊凡的門敞開，單是越過門檻，就是違規，必須罰款一百元。可是潔西已經管不了那麼多了。

她溜到伊凡的書架那裡，拿起一個紅雪松木盒——那是夏天全家去度假的時候，伊凡挑選的紀念品。橘紅木頭的盒蓋上刻了一個場景：帆船行經一座燈塔，上方有海鷗在飛翔，「緬因州，巴港」的字就畫在天空中。盒子上有銅製鉸鍊和彈簧門，就是沒有鎖。

潔西一掀開蓋子，濃郁的木頭香氣迎面撲來。她真不敢相信自己的眼睛！

她的雙手開始挖出那些紙鈔。有好幾十張，有一張一千元紙鈔、一堆五百元紙鈔，還有她數不清的一百元紙鈔。她坐在伊凡的床上，迅速地把錢分類整理好。

伊凡有五千一百元。

比她少了二十元。

二十元。他明天只要多賣一杯檸檬水，就可以打敗她。而她完全束手無策，因為她到時會去海灘玩。

我不能讓他贏，她想，**就是不能**。她已經走到這個地步，根本不記得當初引發這場戰爭的原因，也不記得打贏為什麼這麼重要，但她現在就是非贏不可。

她把錢弄亂，塞回盒子裡。

那晚，她清醒地躺在床上，絞盡腦汁想阻止伊凡再多賣任何一杯。

有時候人在黑暗中，就會浮現邪惡的思緒。

潔西有個很邪惡的想法。

隔天早晨就是星期天了，崔斯基家規定星期天想睡多晚都可以。可是潔西被車庫的電動門聲吵醒了。她坐在床上，看了看時鐘：早上八點。接著她望出窗外，剛好看到伊凡踩著腳踏車出門，還背著背包。她連忙穿好衣服，衝下樓梯到廚房去。

媽媽正在炒蛋和烤吐司。「嘿，小潔。想吃一點嗎？」她用鏟子指了指正在煎雞蛋、滋滋作響的鍋子。

「不用，謝謝。」潔西說。

「我昨天晚上洗了你的藍色泳裝，就掛在地下室。莫里亞堤幾點要來接你？」

「九點，」潔西說，「媽，伊凡去哪裡了？」

「他到商店去買檸檬濃縮汁。」媽媽把蛋舀進盤子裡，然後把煎鍋放進水槽。當她轉開水龍頭，煎鍋就像憤怒的蛇一樣嘶嘶作響，蒸汽像一大朵雲噴入空中之後消失不見。「怎麼了，小潔？檸檬水攤，還有你跟伊凡吵架，到底是怎麼回事？」

潔西打開櫥櫃，取出一盒穀片。「沒事。」她說，小心翼翼盯著自己倒穀片，她不想正眼看媽媽。

崔斯基太太從冰箱拿出牛奶，放在潔西的碗邊。「看起來不像沒什麼，感覺最近你們兩人之間的氣氛很不好。」

潔西慢吞吞地倒著牛奶。「伊凡在生我的氣。」**而且他在今天之後會更氣憤**，她在腦中追加了一句。

「他在氣什麼？」崔斯基太太問。

「不知道。他說我是小貝比，說我毀掉所有的事情。而且……」潔西感到情緒就要起來了，她努力想要忍住，可是她知道情緒就快撲上來了。她的肩膀緊繃起來、胸口凹陷下去，開始張開嘴嚎啕大哭。「他說他恨我！」淚水從眼中湧出，掉入她的碗裡。她開始流鼻水、嘴唇顫抖，隨著每次抽噎，她就發出像輪胎在溼溼的馬路上磨出來的尖銳聲。

潔西哭泣時，媽媽把她攬在懷裡，接著，潔西就像關掉的水龍頭一樣停止了哭泣。

她說出了實話。她真的**不懂**伊凡為什麼那麼生氣，而且在檸檬水戰爭開打以前，他就已經很生氣了，但潔西一直不知道原因。

「覺得好過一點了嗎？」崔斯基太太問。

「只有一點點。」潔西說。她用紙巾擦擦鼻子，開始吃起穀片。穀片泡得溼溼軟軟的，可是還好吃起來並不鹹。

「你覺得先找出惹他生氣的原因會不會比較好？」潔西的媽媽問。「你們兩個在不了解對方的感覺以前，氣永遠都消不了的。」

「大概吧。」潔西說。

「做起來可能不容易，有時候要知道自己的感覺都難。我是說，你對**他**的感覺如何？」崔斯基太太問。

潔西不用想太久。所有的侮辱和憤怒、困惑和吵架，似乎像融合成一閃而過的白熱感覺。「我恨他！我恨他說那些壞心的話。恨他不讓我一起玩。我恨他的程度跟他恨我一樣多，是更多！」

崔斯基太太感到很傷心。「我們今天晚上可以一起開個會嗎？等你從海灘回來以後？」

「不要。」潔西說，想起那個口水誓約。如果伊凡知道，她讓媽媽為他們之間的紛爭擔心，他會很生氣的。然後他就會把她正準備要做的壞事全部抖出來。潔西完全不想讓媽媽知道那件事。「我們會自己想辦法解決的，媽。我保證，我和伊凡今天晚上會談一談。」

「很抱歉，我這陣子都在忙工作，」崔斯基太太說，「我知道用這種方式結束夏天很糟糕。」

「沒關係，媽。你有工作要做，對吧？」

「對，不對，我不知道。我保證今天晚餐之前會把工作趕完。那樣我們就可以一起出門看煙火。」潔西的媽媽望出窗外，「他們說今天傍晚會有零星的雷雨，我希望不會因為天氣而取消煙火。」

之後潔西和媽媽把早餐吃完，沒再多說什麼。

「我來清理。」潔西說。她喜歡洗碗，也想替媽媽做點事情。

她清理的時候，想到昨天晚上想出來的可怕計畫，真的很惡劣。她從沒想過自己可能會做出這麼壞心的事。

我不要這樣做，她決定了，**我恨他，可是沒有恨到那個地步。**

她把最後一只杯子放進洗碗機的時候，伊凡走了進來。他的背包塞得鼓鼓的。

「我以為你要去海灘一整天。」他說。

「梅根再半小時就要來接我了。」她看到伊凡身子僵硬起來，**很好**。「背包裡有什麼？」

「沒什麼，」他說，然後他把裡面的東西全倒在廚房的桌子上。一罐罐的檸檬濃縮汁滾得到處都是。潔西試著要數，可是太多了，五罐？十罐？

「天啊，你到底買了幾罐？」

「十五罐。」伊凡開始把罐子堆成金字塔。

「可是，可是，你不需要那麼多吧。即使要贏，你也不需要那麼多啊！那，那是——」她在腦中計算。「那等於是一百二十杯檸檬水，如果你每杯賣五十元——」

「一百元。我每杯要賣一百元。」

潔西感覺自己的腦袋就快爆炸了。「你不可能全部賣完的，」她說，「市區沒有一個社區會在一天之內買一百二十杯的。」**太多檸檬水了，口渴的人沒那麼多**，她心想。

「我要做成活動式的，就像那種冰淇淋車。我要把全部的檸檬水先在大保冷箱裡面調好，用拖車拉過大街小巷。今天最高溫是三十二度。可能要花我一整天時間，可是我會把最後一滴都賣完。**一萬二千元！**然後，今天晚上，髒西，我們就要來數數各自賺了多少。別忘了，贏家全拿唷！」

「可是，為了要贏，你又不需要一萬二千元！」她吼道。

伊凡挺身站好，用所有男生喜歡裝的粗啞聲音說：「我比賽不是為了勝出，是為了**摧——毀！**」

喔！真是超級白癡！潔西真不敢相信她哥哥會是這種大混蛋。她眼睜睜看著伊凡在車庫裡籌備流動式檸檬水攤。那個大保冷箱是崔斯基太太幾年前買的，當時是因為她負責在學校春季舞會上提供飲品。它看起來像是一個巨大的邦哥鼓，頂端是旋轉蓋，底部有出水嘴。伊凡把它放到拖車上，然後把十五罐的濃縮汁倒進去。他先用花園的灑水管把保冷箱注滿水，再倒進四大盤的冰塊。他用塑膠的海灘鏟子攪動檸檬水，冰塊繞著大鼓內部旋轉時，撞出奇怪的喀啦喀啦聲響。然後他把鏟子當大湯匙，舀起一點點嚐了嚐。「真完美！」他宣布，然後把蓋子轉緊。接著他到地下室去製作流動檸檬水攤的招牌。

潔西刻不容緩地開始行動。

她先從廚房抽屜拿出一個大夾鍊袋；如果你想要，可以裝進一加侖草莓拿去冷凍的那種袋子。然後她上下顛倒拿著，袋口對準水果盆。潔西使勁搖搖水果盆，她很詫異地發現，要抓到從盆裡飛上來的果蠅，原來那麼容易，好像牠們想自尋死路似的！

裝滿之後，她又再多裝兩袋果蠅，然後趕到車庫去。她把大保冷箱的蓋子轉開，把袋子倒拿著，然後把夾鍊拉開，希望果蠅會自己掉進檸檬水裡。牠們並沒有，牠們安全乾燥地留在袋子裡，彷彿想努力活下去似的！

「你們要倒大楣了，你們這些笨果蠅。」潔西說著便把袋子用力壓進檸檬水的水面下，把袋子由裡往外翻，來回揮動，把所有的果蠅沖進檸檬水裡。她把三袋果蠅全都弄進大保冷箱裡，然後四處尋覓，最後找到了兩隻綠色尺蠖和一隻蛾的毛茸茸幼蟲，也把牠們丟進保冷箱。接著，又額外丟進一把沙土。她正準備把蓋子蓋回去的時候，聽到伊凡踏上地下室的樓梯。來不及把蓋子弄回去了！他

看到蟲子的話，整個計畫就前功盡棄了！

潔西跑到樓梯那裡吼道：「伊凡，媽要你去辦公室找她。馬上！」

「喔，真是的。」伊凡咕噥著，開始登上樓梯。

潔西趕緊關好蓋子，從地下室抓走藍色泳裝，然後上樓回到自己房間。她跟走下樓的伊凡擦身而過。

「媽又**沒有**要找我。」他心煩地說。

潔西一臉訝異地說：「聽起來明明很像。她剛剛朝樓下喊，我以為是『叫伊凡過來』，」潔西聳聳肩，「所以我才叫你啊。」

潔西從房間窗戶望著伊凡推著流動式檸檬水攤，沿著街道愈走愈遠。他就像早期的攤販一樣，邊走邊喊：「檸檬水！來買沁心涼的檸檬水！」閃電般的短短一瞬間，潔西深感懊悔。她看得出來伊凡拉著笨重的保冷箱有多費力氣，她知道站在豔陽下賣檸檬水的感覺。可是，當她想起伊凡用粗啞的聲音說「**摧——毀**」時，怒氣就像颶風一般，把懊悔的感覺吹滅了。

潔西換上泳裝，把海灘用品袋準備好，在莫里亞堤一家駛進車道時，匆匆對媽媽說了聲再見。

「這種天氣去海灘實在太適合了，」媽媽說，「祝你玩得愉快！記得在放煙火之前回家，好嗎？」

煙火。對，潔西想像，今天晚上的場面可能會像煙火一樣火爆。

11 全部損失

全部損失

（total loss，名詞）

商品損壞到連修理也沒有意義的地步，或者完全無法修理。

三兩下就賣出了第一杯。

第二杯也是。

賣到第三杯的時候，有個六歲左右的小女孩說：「噁，我的飲料裡有一隻小蟲。」

接著她的哥哥說：「我的飲料裡也有一隻。」

「好噁心哦！」年紀大幾歲、踩滑板的男生說，「我的裡面有三隻耶！老兄，退錢給我！」然後邊說邊把檸檬水往地上倒。

小女孩和小男孩的媽媽小心看著自己的杯子。「親愛的，我想你必須檢查一下你的檸檬水。」她對伊凡說。

伊凡把蓋子轉開，大家都探頭往裡面看。死掉的蟲子在裡面漂來漂去：果蠅、毛蟲，還有泡得鬆軟的棕色毛毛蟲。

「我的天啊！」那位媽媽說。

小男孩開始往地上吐，彷彿像快死掉似的。小女孩開始哀嚎：「媽咪！我剛剛把蟲子喝進去了。我的肚子裡有蟲了啦！」

伊凡不敢相信自己的眼睛。怎麼會這樣呢?牠們是怎麼爬進去的?不可能啊！他當初把蓋子關得很緊，這點他很確定。總之，有一、兩隻蟲子爬進去，是有可能。可是五十隻死掉的果蠅、兩隻尺蠖和一條毛毛蟲？就是不可能。

大家都在看伊凡和滿是蟲子的檸檬水，他難為情到整個臉發燙。他在情急之下把手伸進保冷箱，開始撈出死掉的蟲子。

「呃，甜心，」那位媽媽說，「你不能再賣那個檸檬水了。」

「我會把蟲撈乾淨的，」伊凡說，「直到抓出最後一隻為止。」

「不行，親愛的。你真的不行再賣了，你得把它倒掉才行。」她說。

伊凡當她是瘋子似地看著她。把它倒光？**把它倒光？**他辛苦賺來的錢，花了一千五百元在那些檸檬汁上，又花三百八十元買杯子。他才不要把它倒掉呢！

「我回家弄好了。」他說。

「不，我想你應該在這裡弄。我要確定你把它好好處理掉。」

伊凡看著那位媽媽。他不認識她，可是知道她那種類型的人。天啊，這種人他可清楚了，她就是自以為是世界之母的那種媽媽。如果在操場上，她覺得你玩得太粗魯，就會跑來提醒你；如果你在便利商店邊排隊邊嚼口香糖，她會說：「我真希望那是無糖的。」那樣的媽媽不會只管自己的閒事，也不會只管自家小孩的閒事，她們認為自己必須照顧世界上的每一個小孩。

「太重了，我沒辦法倒，」他說，「我會帶回家，我媽可以幫忙。」

「我來幫忙，」愛管閒事的世界之母說，「我們只要稍微傾斜一點就可以了。」她抓住大保冷箱的一邊手把，伊凡別無選擇，只好抓住另一邊手把，一起稍微將它傾斜，檸檬水就從頂端傾洩而出。

他們倒了又倒，檸檬水在陽光下閃閃發亮，就像有寶石裝飾的瀑布，不留痕跡地消失不見，被焦乾的九月草地吸收了。當最後一波檸檬水流瀉出來，箱底的泥巴也跟著傾瀉下來。

「喔！我的天啊！」那位媽媽說。

伊凡真不敢相信，他不敢相信勝利轉眼就要變成挫敗，就像檸檬水一樣消失在草地裡，一滴也不剩。全部損失了。

伊凡把二百元退給那位母親的時候，她露出同情的笑容。溜滑板的傢伙已經帶著退款咻

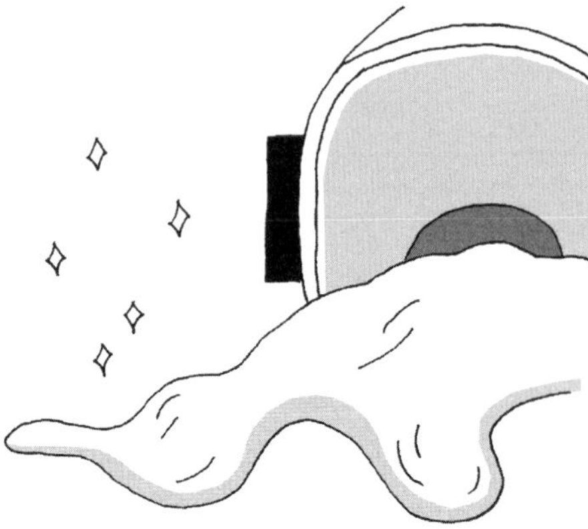

地滑走。現在他除了回家之外，沒有別的路了。

伊凡拉著拖車緩緩走著，空空的保冷箱撞得哐噹作響。每跨出一步，拖車的把手就會戳到他，走一步，戳一下，走一步，戳一下，就好像有人推著他往前似的。

「**伊凡，媽要你去辦公室找她。馬上！**」那時候就很奇怪了，媽完全不知道他的意思。「我沒叫你啊。我什麼人都沒叫，」她說，「我一直在打電腦。」

「**伊凡，媽要你去找她。**」他本來在爬樓梯，潔西在車庫那裡一臉焦慮。「**馬上！**」她當時說。

伊凡停下腳步，瞪著空空的保冷箱，接著拔腿狂奔起來。拖車沿著凹凸不平的人行道顛來顛去，還翻倒了兩次。**又有什麼關係？**伊凡氣呼呼地想，**反正也沒有檸檬水可以灑了。**

等他回到家的時候，早就把事情都想通了。他檢查廚房的垃圾，找到了三個夾鍊袋，由裡往外翻，還沾著黏黏的檸檬水。他搖了搖水果盆，注意到飛入空中的果蠅少之又少。要是他有工具，老早就去保冷箱那裡採集指紋了，可是真的沒有那個必要，他知道會找到什麼：上面滿滿都會是潔西的指紋。

「那個**爛人**！那個臭爛人妹妹！」他吼道。他回到車庫，踢了踢拖車，讓保冷箱撞倒在地，將招牌撕成了碎片。

他就要輸了。她有五千元（這點他很確定），而他只剩三千二百二十元。今晚煙火開始以前，就是他們數錢的時候，她會成為贏家，而他會成為輸家。

贏家全拿，輸家什麼都沒得拿。

好不公平！

伊凡氣呼呼地上樓回房間，猛力把門甩上，結果門又彈開了，當他去關門的時候，視線恰好越過走廊，直接望進潔西的房裡。他看得到她整理得井然有序的床鋪，上頭蓋著幾顆抱枕，還有今年夏天他們到緬因州旅行買回來的巴港海報，以及放在床頭桌上隨手可拿的《夏綠蒂的網》。

伊凡越過走廊，在潔西的門口頓住。家裡規定不能隨便進入別人房間。哼！是她先破壞規則的（雖然家裡沒有關於果蠅和檸檬水的規定，可是那顯然是個骯髒的招數）。伊凡走進房裡，直接往潔西的書桌抽屜踱去。

那裡有一包假口香糖，裡面有鑰匙。她真的以為他不曉得她藏在哪兒嗎？他去浴室經過她房間的時候，看過她把鑰匙塞進盒子裡。潔西聰明歸聰明，可是做事並不夠高明。鑰匙藏在哪裡，他已經知道好幾個月了，只是懶得去理會罷了。

直到現在。

他花了點時間才找到鎖盒。他先查看五斗櫃的抽屜，再找找潔西的床鋪底下，最後發現它就藏在衣櫥裡。手法還是不怎麼高明。

伊凡把鑰匙和鎖盒帶回自己的房間，往床上一坐。他把鑰匙插入鎖孔，打開盒蓋。接著，真相大白了！他把零錢托盤往外提起來。

頂端有一堆紙片，還有一張折起來的紙卡。伊凡把這些東西挪開，找到用迴紋針夾在生日卡片上的五百元紙鈔。下面有個標著「戰前收入」的信封，裡面有七百八十元，那是潔西在檸檬水戰爭開打以前就擁有的錢。她遵守當初的承諾，分開放了。旁邊是一個標有「檸檬水收入」的厚信封。伊凡把信封打開。

裡面的紙鈔照著一百元、五百元、一千元整理得好好的，所有的紙鈔都朝向同一面，於是伊凡在數算時，鈔票上的人頭像全都盯著他看。

一萬零二百四十元。

這就是即將勝出的一疊紙鈔。

伊凡想到這個星期有多賣力工作，頂著熾熱的太陽，被酷烈的熱氣團團包圍；想到一整個保冷箱的檸檬水都倒進草地的情景；想到自己把三千二百二十元都交給潔西，想到她會怎樣漾起笑容、哈哈大笑，然後把事情傳出去，跟每個人說她打贏了檸檬水戰爭。男生們都會搖搖頭，說他**真是大遜咖**。梅根會掉頭而去，說他**真是個愚蠢的混蛋**。

伊凡把鎖盒的蓋子使勁蓋上，將信封塞進自己的短褲口袋。他才不要讓這種事情發生呢！

他並不打算霸占這筆錢，不會永遠扣住不放，可是今天晚上他就是不要讓她握有這筆錢。等他們該秀出各自的收入時，他會有三千二百二十元，她則一**毛也沒有**。明天或者後天，他會把錢還她，可是**不是今天晚上**。

他突然迫不及待想要盡快離開家裡。他把鎖盒推回潔西的衣櫥，將鑰匙塞回那包假口香糖。

「嘿！媽，」他吼道，連等都沒等她回應，「我要去學校看看有沒有球賽。可以吧？」

12 等待期間

等待期間
（waiting period，名詞）
依照法律要求的特定延遲，介於採取行動和看到行動結果之間。

潔西很想玩得開心，真的很想。但她愈是努力，就愈沒樂趣。

首先，因為塞車，開車到海灘就花了兩個半小時。潔西覺得車子不停抖動，往前、停住、往前、停住。

「我要提醒自己，」莫里亞堤先生說，「以後絕對不要在勞動節週末的星期天去海灘，尤其是在熱浪持續超過一週的時候。」

潔西和梅根在後座玩車牌追蹤、磁鐵賓果、二十題猜謎遊戲，可是坐車坐到最後，潔西覺得侷促又無聊。

接著，海灘停車場上停滿了車，於是他們必須停在半公里之外用走的過去。海灘人滿為患，他們幾乎找不到地方可以鋪開毯子。再來，梅根說海水太冷，只想泡到腳踝就好。每次只要微微的海浪朝她湧來，她就一直尖叫、

快跑回來。

那有什麼好玩的？沒錯，海水是很冷！這是北岸，本來就**應該**很冷，所以在這種熱天裡，才會感覺那麼棒。潔西和伊凡來海灘的時候，會一起玩趴板衝浪、身體衝浪、沙板運動，還會來來回回拋接彈力球。他們很喜歡待在水裡，直到冷到嘴唇發紫、全身顫抖不停為止。然後他們會像香腸那樣躺在浴巾上烘烤身體，直到渾身發熱、汗流浹背，然後又馬上回到水裡去玩。**那**才算是在海灘上玩得開心。

梅根喜歡堆沙堡、蒐集貝殼、玩沙地網球、看雜誌。**那些活動都不錯**，潔西暗想，**可是幹麼不到水裡玩啊？真是瘋了！**

回程的路上潔西覺得又癢又熱，會摩擦到皮膚的地方都有沙子，像是腳趾之

間、耳朵後面、屁股中間。即使莫里亞堤太太幫她抹了兩次又厚又黏的防曬乳，不知為何，她的背部還是曬傷了。潔西連回答十個猜謎問題的耐性都沒有，更別說二十題了。

可是梅根沒意識到潔西並不想聊天，她一直叫潔西做少女雜誌裡的測驗。要是伊凡在的話，他就會保持安靜，或是小聲哼歌。潔西喜歡聽伊凡哼歌。

他們轉入達蒙路的時候，梅根問：「你身體不舒服嗎？」

事實上，她的確不舒服。過去半個小時以來，潔西一直在想像踏進家門、面對伊凡的情景。隨著每一公里過去，離家愈近，她就愈來愈不舒服。

13 危機管理

危機管理

（crisis management，名詞）

事業面臨失敗的危險時，所使用的特殊或不尋常的方法與程序。

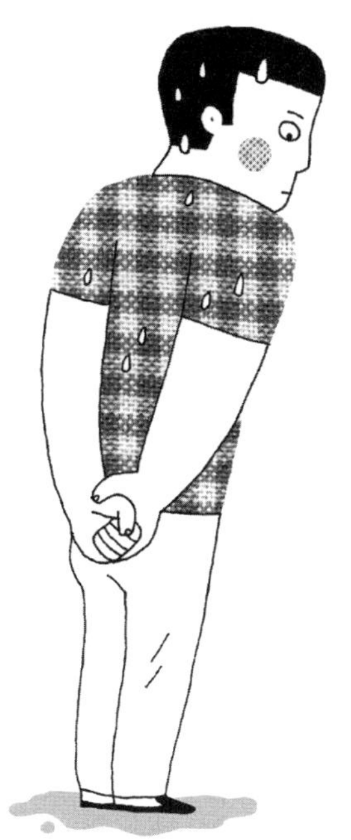

「呆子！」

「喔，老兄。**輸慘了**吧！」

「**幼稚**，小嬰兒！」

史考特．斯賓塞制住了伊凡，這是那天下午的第三回了。史考特繞著他運球，然後輕鬆帶球上籃。這些傢伙頻頻對他使出狠招，即使和他同隊的人也是。伊凡、保羅、萊恩和凱文、馬里克、史考特對打。伊凡真希望史考特沒出現，可是他卻在場。因為傑克回家去問他媽媽，看看大家能不能都到他家去游泳，所以他們需要第六個人加入來打三對三。伊凡又能說些什麼呢？

反正，伊凡的控球實力比史考特強三倍，大家都很清楚，所以這只是為了好玩。可是伊凡卻不覺得有什麼好玩的。

「怎麼了啊，老兄？」保羅問。

伊凡來來回回運球，忽而用左手，忽而用右手，然後穿過雙腿之間。「嘿，天氣很熱耶！」他說。

「是啊，我們每個人都覺得很熱，」保羅說，「但你也努力一點吧，老兄。」

可是伊凡的動作怎樣都不對，他比平常的表現慢了半拍，而且每次他只要一動，那只信封就拍擊他的大腿，像是一種譴責。

「說到熱，那個樣子才叫熱。」萊恩說。大家都轉頭看，傑克正以緩慢疲憊的速度，沿著小徑跑來。

「喔，神啊，求求祢，」保羅說，「請讓她答應吧！」

傑克一進到大家聽得見的範圍，就放聲吼道：「她說可以！」

「怎麼了？」史考特問。

「傑克回去問他媽，看我們能不能都去他家的游泳池游泳。」凱文說。

「嘿，傑克，」史考特喊道，「我能不能也去你家？」

「好啊，當然。」傑克說。他停下腳步，等他們過來小徑跟他會合。

喔，好極了！伊凡心想。可是他才不要因為史考特．斯賓塞會去，就放棄到游泳池泡一泡的機會。

大家都不想回家拿泳褲和浴巾，反正，凱文、馬里克、萊恩本來就穿籃球短褲，可以直接穿著游泳。「我們家的泳褲還夠啦，」傑克說，「我媽把我們的舊泳褲都留起來了。」

進了屋裡，伊凡換上傑克的其中一件泳褲。他用短褲包住自己的內衣褲和襯衫，然後把整堆衣服擺在傑克的床尾，就在其他人的衣服旁邊。因為口袋裡塞著那只信封使短褲沉甸甸的，能夠脫掉感覺真好。為了多點保障，伊凡還刻意把鞋子擱在自己的衣物上，他不希望那筆錢出任何意外。

他們整天下午都在玩泳池籃球，雖然對打隊伍的人數不平均。巴格達沙里恩太太把飲料、餅乾、洋芋片和西瓜拿到了外頭，只要有人一進屋去上廁所，她就會高喊：「進來以前先把身體擦乾！」不過態度很好。

就在伊凡以為這天下午不可能更完美的時候，卻變得更加完美了。史考特進屋裡上廁所，幾分鐘之後卻穿好衣服走了出來，他頭髮頻頻滴水到背上。

「我必須走了。」他邊說邊把腳塞進布鞋裡。

「你媽打電話來嗎？」萊恩問。

「沒有，我就是必須走了，」他說，「再見囉！」就跑出柵門。

「太棒了！」伊凡喊道，「現在兩隊的人數相等了。」然後他們回頭去玩泳池投籃。那天下午剩餘的時光，他都沒再想到史考特．斯賓塞。

直到他走進傑克的臥房要換回自己的衣服，注意到鞋子放在地上、短褲已經攤開的時候，才又想到史考特．斯賓塞。

14 和解

和解

（reconciliation，名詞）

產生歧異之後，讓彼此達到和諧一致的行為，就像讓一張資產負債表上的數字取得一致；解決。

「快啊！你們兩個，」崔斯基太太朝著樓梯上喊，「如果我們不現在出發，草地上就沒空位了。」

「來了啦！」伊凡把頭探出房外喊道。潔西正坐在他的床上，他正努力勸她去看煙火。她的鎖盒揣在懷裡，一臉頑固。

「就算平手嘛，」伊凡說，「拜託啦，小潔。這整件事都很蠢，你明明知道。」

「除非真的是平手，不然就不能說是平手，」潔西說，她知道自己聽起來很像難纏的小鬼，可是她就是忍不住，「你有多少錢？」

「媽在等了，」伊凡說，「把你的笨盒子收起來，我們去看煙火啦！」

「你有多少錢啊？」

伊凡的手指緊握，彷彿要掐死某個隱形的鬼魂。「一毛也沒有！可以嗎？我一毛也沒有。你看！」他把褲子的口袋全部往外翻。

潔西一臉懷疑。「你不可能一**毛也沒有**，你一定有賺到**什麼**。」

「嗯，我有花費啊，所以最後一毛也不剩。好嗎？你高興了嗎？你贏了。」

伊凡坐在床邊，看著地上。

潔西感覺自己的心一沉。「你把錢**全部**花在流動式檸檬水攤的那些濃縮汁上了？」潔西問，「全部？」

伊凡點點頭。潔西此刻好想爬進床底下，永遠不要再出來。「賣得沒那麼成功嗎？」她低聲說。

「裡面有幾隻蟲蟲。」伊凡說。在戰爭以前，**這本來是潔西會很愛的那種笑點**，他暗想。可是現在一切只有金錢、數字和不愉快，根本沒有歡笑的空間。

「喔，」潔西說，聲音小得像螞蟻似的，低頭盯著懷裡的盒子，「我有——」

她把鎖盒的蓋子打開，拿出零錢托盤，把她蒐集的所有紙片和梅根寫的評語卡撥到一旁。然後她瞪大眼睛，說：

「等等，這不是我的錢啊！」她拿起一把被捏成一團皺巴巴的紙鈔。伊凡躺到床上，用枕頭蓋住頭。潔西快速數完那筆錢，說：「三千二百二十元？這些是哪裡來的啊？」

「四五的千。」伊凡躲在枕頭下說。

「什麼？」潔西說，「把那個笨枕頭拿開啦！我聽不懂你在說什麼。」她為了強調，還用力打了一下他的腿。

「是我的錢啦！」他吼道，但還是透過枕頭說，「本來是五千零一百元，可是我花了一千八百八十元在流動式檸檬水攤上。所以現在只剩三千二百二十元。」

「你的錢？那我的錢到哪裡去了？」

伊凡把枕頭從臉上拉開，但他還是閉著眼睛，鼻子朝向天花板，然後兩手交叉在胸前，就像死人一般。「我拿走了。」

「哼！那就還來啊！」潔西說。這次她真的狠狠揍了他的腿一拳。

「我沒辦法。不見了！」他動也不動地躺著，就像已經擱了三天的死屍。

「不見了？不見到哪裡去了？」潔西開始放聲尖叫。她這輩子從來不曾為了賺錢而那麼拚命工作；她這輩子手上擁有的錢從來沒超過五千元；她這輩子從來不曾有過像梅根那樣信任她的朋友。

「我不知道。本來放在我的短褲口袋裡，然後我跟那幾個傢伙一起打籃球，後來大家又去傑克家游泳。我把短褲脫下來，借了一件泳褲，等我回去換衣服的時候，錢就已經不見了。」他坐起來面對妹妹，說：「**真是**對不起！」

在真正的戰爭裡，你會奮戰不休。你會用雙手和武器來戰鬥，因為生死攸關，所以只要能拿到什麼，都會拿來當成搏鬥工具。潔西覺得失去自己賺來的辛苦錢，就像死亡一樣可怕，於是她竭盡全身的力氣，狠狠撲向伊凡。她踢他，用鎖盒用力丟他，她想把他撕成碎片。

伊凡並未試著制住她，雖然那是輕而易舉的事。一部分的他只想躺在床上默默承受一切。當初就是因為他說了「我恨你」這句話，才啟動了整個事件；因為伊凡對自我的感覺很差，才使得潔西對自我的感覺也變得那麼糟糕；因為他拿走了潔西的錢，後來又被史考特偷走，因為他是這麼的愚蠢！

可是潔西真的使盡吃奶的力氣，如果他不稍微保護自己一下，最後會落得進急診室的地步，那樣會惹媽媽不高興。所以他舉起雙手擋住臉，防止潔西挖出他的雙眼。他一直不曾反擊，因為他不想再爭吵了。

最後潔西終於耗盡體力，躺在床上，拚命想動腦筋。她的身體好疲憊，只有腦袋還能運作。

「你其中一個朋友把錢偷走了？」她問。

「我想是史考特．斯賓塞，」伊凡說，「他去樓上的洗手間，然後就急急忙忙下樓說他必須回家了。後來，我到樓上去，錢就已經不見了。」

「他真是混蛋一個。」潔西說。

「頭號大混蛋！」伊凡說，「如果他有了 Xbox，我就能**確定**是他沒錯。」

「那是一大筆錢耶！」潔西邊說邊感覺到雙眼湧出淚水、滑下臉龐。

「是啊，」伊凡說，「當我看到的時候，真不敢相信有那麼多。你真了不起，竟然可以靠賣檸檬水賺到那些錢。」

多謝，潔西心想，雖然說不出口。「伊凡，你為什麼要那樣做？」她問，她的意思是：**你為什麼要把錢拿走？為什麼要這麼惡劣？當初為什麼要發動這場戰爭？**她有好多的疑問。

「我很氣你把蟲放進我的檸檬水裡。」他說。

「哼！我很氣你說想要毀滅我。」她說。

「我會那樣做，只是因為你都跟梅根一起玩，我覺得自己完全被排擠了。」

「哼！你不肯讓我跟你、笨蛋史考特．斯賓塞一起玩的時候，你覺得我又有什麼感覺？」

「哼！我很氣你啊，因為……因為……」

潔西坐起身，看著伊凡。伊凡望著牆壁。

「因為我不希望你今年來我的班級。」他說。

「因為我會讓你丟臉。」她嚴肅地說。

「因為我會**讓自己**丟臉，」伊凡說，「我的數學永遠都答不對。而且我朗讀的速度也比大家都慢。而且我會東錯西錯，一直都是。現在有你在班上，一定會更慘。他們大家都會說：『哇！他竟然比他的妹妹還笨耶。』」伊凡的肩膀垮了下來，頭垂得低低的。

「你又不笨。」潔西說。

「我知道你不**覺得**我笨，」他說，「那也很討厭。因為你就快看到我在學校有多笨了。」

「你才不笨，」潔西又說，「才短短五天，你竟然就賺到五千零一百元。」

「對啦，可是你賺到一萬零二百四十元耶！懂了嗎？你是我的妹妹，可是比我聰明兩倍。」

潔西搖搖頭。「那筆錢有一半是梅根的。她只是交給我保管，準備捐給動物救援聯盟。我自己才賺五千一百二十元。」

伊凡挺起肩膀。「真的假的？」潔西點頭表示沒錯。「所以你賺了五千一百二十元，我賺了五千一百元？」

「嗯。」潔西說。

「所以真的打成平手了？」伊凡說。

「不是，」潔西說，「我贏了。多了二十元。」

「可是，我是說，別這樣嘛，」伊凡說，「經過那麼多事情之後，**幾乎等於**不分勝負了吧。」

「不，」潔西說，「是很接近沒錯。但真正贏的人是我。」

「哇，我們幾乎算是平手耶。」伊凡說。

潔西決定不再追究了。四天以來的頭一次，她不再在意誰的錢多、誰的錢少。除此之外，她還等著看伊凡要多久才會把事情想通。

沒多久。

「糟糕了！」他突然說，「我也把梅根的錢弄丟了？她的五千一百二十元？喔，慘了。」他往後躺在床上，用兩條手臂遮住臉。兩人久久不發一語，最後是潔西打破了沉默。

「我把蟲丟進你的檸檬水裡，真是對不起！」

「謝了，」伊凡說，「我拿了你和梅根的錢，對不起！」

「我們不應該做這些事的，」潔西說，對床上的錢揮揮手。「把夏天的尾聲都破壞掉了。」

「對啊，整個夏天都好糟糕。」伊凡說。

「不是**整個**夏天都這樣啦，只有最後五天。記得我們去巴港的事嗎？還有在池塘裡游泳的事？」潔西無法忍受伊凡覺得他們共度的整個夏天都很糟糕。

「對啦，可是我覺得最後五天等於把那些都抵銷掉了，」伊凡說，「我真不敢相信我必須跟梅根·莫里亞堤說——」

「她喜歡你哦！」潔西說。

伊凡坐起身，感到很驚訝。「真的嗎？」

「對啊，」潔西說，「我也不懂為什麼。可是她老是問你在幹麼，問你能不能一起玩什麼的。你覺得她為什麼會那樣？」

「酷！」伊凡面帶笑容說，「所以你們變成朋友了？」

「對啊，」潔西說，「我們是好朋友。」

「太好了！這樣她就會來我們家玩了，對吧？酷！」

「你很怪耶。」潔西說。

「對啊，我是怪。」伊凡說。

又一陣長長的沉默。夏末的日光褪去之後，伊凡的房間陷入一片漆黑，可是他們沒人想要開燈。坐在漸漸涼爽的黑暗裡，就他們兩個，一切是如此美好。午後的微風漸漸轉強，窗上的百頁簾輕輕打

著穩定的節拍，聽起來讓人愉快又安心。

「這場戰爭好蠢。」潔西說。

伊凡在黑暗中點點頭。

就在那時，他們聽到遠方傳來轟隆隆的雷聲，然後愈來愈密集，最後整棟房子都搖晃了起來。

「煙火！」潔西吼道。

「喔，可惡！」伊凡吼道。

潔西和伊凡立刻衝下樓梯，在樓梯下發現媽媽正坐在最後一個階梯上，透過紗門望著天空。

「你為什麼沒叫我們？」伊凡說。

「我們要錯過煙火了啦！」潔西說。

「喔，我想說，不管你們兩個在談什麼，都比煙火秀更重要。」崔斯基太太轉身看著自己的小孩。

「你們解決了嗎？」

伊凡和潔西點點頭，那時星星形狀的煙火在空中爆射開來。

「這個位置還不賴，」崔斯基太太說，然後拍拍階梯，說：「來享受一下吧！」

整整二十分鐘，夜空活了起來，充滿拖車轉輪、五顏六色的大理花、閃亮的棕櫚樹等煙火。伊凡、潔西和崔斯基太太一起坐著欣賞，一語不發，但是脣間偶爾會蹦出「噢喔！」和「啊啊！」的聲音，彷彿是充過飽的輪胎所發出的嘶嘶氣聲。

最後一道煙火轟隆炸開，然後又消失不見的時候，伊凡、潔西和崔斯基太太一起坐在漆黑當中等待，前後有好幾分鐘都沒人說話，接著潔西輕聲地說：「結束了。」

對啊，是結束了。

「等等，」伊凡說，「那是什麼？」

「什麼？」潔西問，並豎起耳朵。

「聽！」

遠處傳來隆隆聲和喀啦響。

「還有煙火耶！」伊凡說，仰頭望向黝暗的天際。

「哪有？我沒看到啊！」潔西說。

冷不防地，閃電劃開黑夜，將天空劈成兩半。爆出的雷聲竄過整棟房子，搖響了窗戶和牆上的畫。雨水從天空傾瀉而下，彷彿扭開了巨型的水龍頭。

「要命！」崔斯基太太吼道，從階梯上跳起身來，「大家就戰鬥位置！」

家裡的每扇窗戶都敞開著，所以伊凡、潔西和崔斯基太太從頂樓衝到最底層樓，關上了窗戶、抹乾了積水。雨水像帶著兩歲孩子大鬧脾氣的暴怒和不耐落下。伊凡關上房間的窗戶時，聽到屋頂排水槽被傾盆大雨嗆得咕嚕咕嚕作響。

「一件事情結束，換另一件事情開始。」崔斯基太太說，她在樓梯上和潔西、伊凡碰頭，然後舉起食指，像個睿智的哲學家，說：「先是煙火，後是暴雨。」

潔西跟著舉起她的食指，說：「先是夏天，後是暑假。」

伊凡也舉起食指，說：「先是戰爭，後是和平。」

然後他們都笑了，因為滿蠢的——三個人都站在階梯上，假裝成睿智的哲學家。

那天晚上，潔西在關上房門之前，壓低嗓門對已經上床的伊凡說：「嘿！我想到一個點子了，可以把梅根的錢弄回來的點子。」

$
$5
$100

的十個訣竅

崔斯基製作

訣竅三

低價銷售：便宜！更便宜！市區最便宜的檸檬水攤！

訣竅四

善意：如何讓大家愛上你的檸檬水攤

訣竅五

附加價值：給你的檸檬水攤額外的東西

利潤跟損失結算單

開支	
40 罐檸檬汁	4000 元
5 包杯子	380 元
稅	20 元
開支總額	4400 元
銷售總額	19760 元
利潤總額	10960 元
潔西的總收入	5120 元

訣竅七

利潤率：怎麼計算檸檬水攤的收支限制

訣竅九

保持機動：讓你的檸檬水攤上路。

訣竅十

對員工表達感激：不要當個刻薄的老闆——要時時向屬下表達謝意。

把檸檬變成錢

潔西和伊凡．

首獎

訣竅一

地點：一切都從你擺設檸檬水攤子的位置開始

×××××××××××××
×××××××××××××
×××××××××××××
××
××

訣竅二

廣告：讓你的檸檬水攤與眾不同

×××××××××××××
×××××××××××××
×××××××××××××
×××××××××××××
×××××××××××××

訣竅六

營業規定：確定你了解當地檸檬水攤設立法規

×××××××××××××
×××××××××××××
×××××××××××××
×××××××××××××
×××××××××××××

訣竅八

加盟：十三個檸檬水攤比一個賺更多

×××××××××××××
×××××××××××××
×××××××××××××
×××××××××××××
×××××××××××××

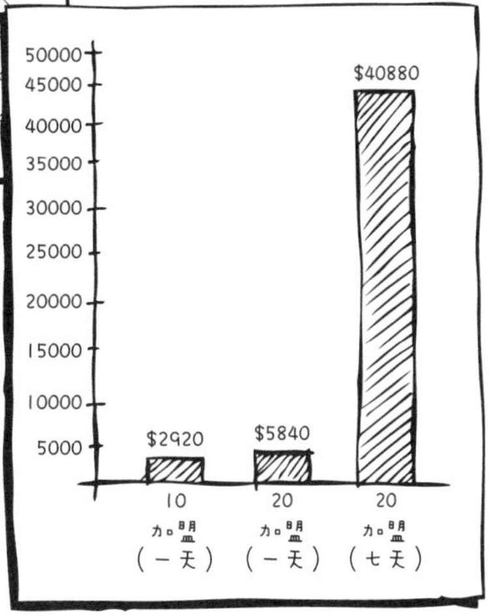

兄妹贏得年度勞動節競賽

開放給年齡介於八至十二歲的所有市民參加的年度扶輪社勞動節競賽，今年的贏家是住在帕爾森路八十一號的潔西（八歲）和伊凡（十歲）．崔斯基。這對兄妹組成的團隊，製作了一張讓人佩服的海報，描述他們身為檸檬汁供應商的創業努力。

「天氣好熱，所以我們決定賣檸檬水，」伊凡說，「然後潔西想到一個很棒的點子，就是把我們學到的所有事情，製作成參加競賽的海報。」

得獎的海報裡面包括成功經營檸檬水攤的十個訣竅、利潤和損失結算單、商業用語定義，還有追蹤加盟利潤的圖表。

「過去多年以來，我們陸續都有描述商務的參賽作品，」當地扶輪社會會長傑克．佩卓奇尼說，「可是從來沒有一份呈現這麼詳盡的細節。讓我們留下深刻的印象。」

潔西和伊凡將會共享那五千元的獎金。他們會用這筆錢來開創另一種事業嗎？「不會，」潔西說，「經營生意的事，我們必須要暫停了，因為就要開學了。」

潔西和伊凡都是山坡小學的四年級學生。

潔西和伊凡的財務計畫 私密！

$ 5000（獎金）

$ 3220（伊凡賣檸檬水的收入）

$ 500（潔西的生日禮金）

$ 8720

- $5120 梅根要給動物救援聯盟的捐款
- $1800 伊凡要買 iPod 的資金
- $1800 潔西要給動物救援聯盟的資金

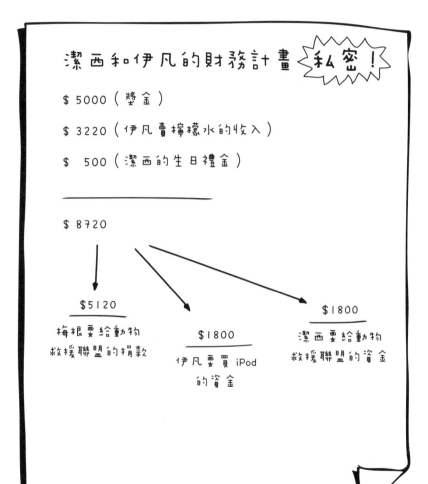

由閱讀教育專家**鄭圓鈴**教授領軍帶路，
用十五個提問打通思考經脈，累積理解功力，
閱讀經驗值全方位提升！

題目設計／師大國文系教授　**鄭圓鈴**

我們將從閱讀素養的角度，根據這本書擅於敘事寫人、表達感受、記錄成長的特質，設計一些提問，希望能幫助孩子們更深入閱讀與了解這本書。我們也期待孩子們能根據這些提問，說出自己的看法，並樂於與其他人分享和討論。這樣的過程不僅能使我們更深入的了解別人的想法，也可以開拓自己閱讀理解的版圖。

1 找一找「檸檬水戰爭」是誰提議的？參與戰爭的主要人員有哪兩位？

2 找一找「檸檬水戰爭」的遊戲規則包含哪些內容？

3 解釋伊凡在「檸檬水戰爭」中，分別使用哪些方法，幫自己賣出檸檬水？

4 找一找伊凡賣檸檬水時，什麼能力也增強了？

5 解釋潔西在「檸檬水戰爭」中，分別使用哪些方法來幫自己賣出檸檬水？

6 想一想警官為什麼要付五百元來買伊凡的一杯檸檬水呢？

7 你認為伊凡和潔西賣檸檬汁所使用的方法，哪一個人比較高明？從文中舉出證據，支持你的看法。

8 找一找伊凡和潔西為了贏得戰爭，分別做了哪些違規的事情？為什麼伊凡和潔西要做這些違規的事？

9 你認為「檸檬水戰爭」最後應該是誰獲勝？從文中舉出證據，支持你的看法。

10 本書每一章前面都簡單介紹一種商業策略，你認為這樣的安排是否能幫助你更快的理解每一章的主題？說一說理由，支持你的看法。

11 潔西最後用參加勞動節競賽解決遺失合夥人梅根五千一百二十元的難題，這個結局在閱讀過程中，你曾經想過嗎？想一想這樣的結局有什麼特色？

12 解釋伊凡和潔西展開「檸檬水戰爭」最主要的原因是什麼？

13 為什麼伊凡和潔西最後和解了？

14 你認為伊凡和潔西從「檸檬水戰爭」中學習到什麼？請從文中舉出證據，支持你的看法。

15 你認為媽媽對伊凡和潔西之間的戰爭抱持什麼態度？請從文中舉出證據，支持你的看法。

檸檬水戰爭

作　　者｜賈桂林．戴維斯
繪　　者｜薛慧瑩、陳佳蕙
譯　　者｜謝靜雯

責任編輯｜蔡珮瑤
特約編輯｜張月鶯
封面設計｜蕭雅慧
行銷企劃｜葉怡伶

天下雜誌群創辦人｜殷允芃
董事長兼執行長｜何琦瑜
媒體暨產品事業群
總經理｜游玉雪
副總經理｜林彥傑
總編輯｜林欣靜
行銷總監｜林育菁
副總監｜李幼婷
版權主任｜何晨瑋、黃微真

出版者｜親子天下股份有限公司
地址｜台北市 104 建國北路一段 96 號 4 樓
電話｜（02）2509-2800　傳真｜（02）2509-2462
網址｜ www.parenting.com.tw
讀者服務專線｜（02）2662-0332　週一～週五：09:00~17:30
讀者服務傳真｜（02）2662-6048
客服信箱｜ parenting@cw.com.tw
法律顧問｜台英國際商務法律事務所．羅明通律師
製版印刷｜中原造像股份有限公司
總經銷｜大和圖書有限公司　電話：（02）8990-2588

出版日期｜ 2014 年 5 月第一版第一次印行
2024 年 6 月第一版第三十次印行
定　　價｜ 260 元
書　　號｜ BCKCK004P
ISBN ｜ 978-986-241-852-9（平裝）

國家圖書館出版品預行編目（CIP）資料

檸檬水戰爭 / 賈桂林．戴維斯 文；薛慧瑩、陳佳蕙 圖；
謝靜雯 譯 -- 第一版. -- 臺北市：天下雜誌, 2014.05
176面；17X22公分. –（樂讀456系列）
譯自：The Lemonade War
ISBN 978-986-241-852-9（平裝）

874.59　　103004666